照れ降れ長屋風聞帖【九】

# 雪見舟

坂岡真

双葉文庫

# 目次

# 一刻者

## 一

神無月立冬、朝まだきころ。

隅田川に面した本所の百本杭に、顔を潰された男の死体が浮かんだ。

髪の結い方や風体から推すと行商人のようであったが、はっきりとはわからない。

財布などの所持品は見当たらず、下手人に奪われたものと推察された。ただ、手懸かりはまったくないわけではなく、濃紺の濡れた袖の奥から植物の髭根と巧緻な細工のほどこされた珊瑚玉がみつかった。

同じ朝の巳ノ刻（午前十時）ごろ、浅間三左衛門は向島長命寺の弁才天に招福を祈願したあと、水茶屋の毛氈に座って茶を呑んでいた。

「ひとりで遠出もいいもんだ」

すがれ虫の鳴き声を、聞くともなしに聞いている。

一家四人の無病息災と招福を願うべく、隅田川の七福神巡りにやってきた。恋女房のおまつが「たまには息抜きでもしてきたら」と言ってくれたのだ。

やっと首の据わったおきちの世話にかまけ、近頃は長屋から遊びに出る回数も減った。子育ては好きでやっていることなので文句を言うつもりもないし、仲人稼業にいそしむおまつは一家の米櫃でもある。自然、家事を分担するようになったが、そこは痩せても枯れても二本差し、おまつにも少しは遠慮があるのだろう。

朝早く日本橋照降町の長屋を出て、浅草寺門前の広小路から吾妻橋を渡った。手はじめに三囲稲荷で恵比寿と大黒天に詣でて、二番目の弘福寺では布袋を拝んだ。三番目に訪れたのが長命寺で、ここからさらに墨堤を北へ向かい、白鬚神社の寿老人と百花園に奉られた福禄寿を巡り、仕上げは隅田村の多聞寺にて毘沙門天を拝むことにしている。

七福神すべてを拝まずとも御利益はあるらしいのだが、遊山がてら巡ってみるのも乙なものだ。

何気なく参道に目をやると、眉目秀麗な若侍が腰の曲がった老婆を背負い、力強く歩んでいた。

「ん、あやつ」

半刻（一時間）足らずまえにも、三囲稲荷の境内で見掛けた。地廻りの強面どもにいじめられていた物乞いを、刀も抜かずに救った若侍にちがいない。

「縁があるな」

三左衛門はつぶやき、串団子を頬張った。

今の時節、長命寺の境内では名物の桜餅ではなしに、白黒の二色団子を売っている。

「あの若僧も」

七福神に願掛けをしているのかもしれない。

どこぞの藩への仕官でも祈念しているのか。

月代は青々と剃っているが、粗末な風体から推すと浪人者だろう。

年齢はまだ二十歳の手前か、三左衛門とは親子ほども年の差がある。

めずらしくも殊勝な心根を持つ若者の顔を、とっくり拝んでみたくなった。

あれだけの若さで浪人暮らしを余儀なくされているということは、よほどの事情があったに相違ない。

手前勝手に空想を膨らませながら、おのれの生きざまとかさねあわせてみる。

三左衛門は上州の片田舎で小禄役人の三男に生まれ、七年前まで七日市藩の禄を食んでいた。江戸勤番を何年か経験したあと、剣の技倆を見込まれて、誰もが羨む馬廻り役に抜擢された。が、ほどなくして、拠所ない事情から出奔せざるを得なくなった。

七日市藩は城も持てぬ一万石の小藩、台所はいつも火の車であった。起死回生を狙った養蚕での復興もままならず、陣屋の貯えすらおぼつかなくなり、殿様はついに藩士の首切りを断行、下級藩士たちの怒りは沸騰した。禄を失って憤懣やるかたない者たちがしめしあわせ、城下で殿様の駕籠を襲撃するという暴挙に出たのだ。

三左衛門は殿様の盾となって奮戦し、褒賞もののはたらきをしてみせた。が、斬りすてた者のなかに剣術道場で鎬を削った朋輩もふくまれていた。

もちろん、三左衛門に非はない。役目を果たしたにすぎぬ。だが、朋輩を斬った心の傷は癒えず、とどのつまりは藩を脱し、故郷を捨てるしかなかった。

ただし、あくまでもそれは、三十代も半ばを超えてからの出来事である。二十歳前後のころは何も考えず、漠とした夢とおのれへの期待を胸に抱き、ひたすら剣の修行に明け暮れていた。まさか、江戸の片隅で浪人暮らしを送ろうとは、つゆほども考えていなかったし、町屋の出戻り女房といっしょになり、子まで授かろうとは夢想だにしなかった。

敷かれた道を踏みはずしてみて、はじめて気づくこともある。けっして楽ではないが、つましい長屋暮らしには満足している。宮仕えは息苦しい。貧乏と引き換えに得た気楽さは、なにものにも替えがたい。

仕官などまっぴらごめんだとおもっているが、そうした感情は人生の年輪を重ねるなかで培われたものだ。

尻の青い若侍がはたして、これから何年も辛い浪人暮らしに耐えられるのかどうか。

「ふっ、わしが案じてもはじまらぬ」

なにせ、喋ったこともない相手のことだ。

三左衛門は苦い茶を啜り、溜息を吐いた。

もはや、若侍と老婆のすがたは参道にない。

虫の音は止み、境内には静寂が訪れていた。

秋鳴く虫はすべて雄であるらしい。

ひょっとすると、今年最後の雄が死んだのかもしれぬ、などと、埒もないことを考えつつ、小銭を置いて尻をあげた。

二

隅田川は滔々と流れている。

眼下一面には苅田がひろがり、墨堤から東の寺島村や隅田村を鳥瞰すると、寺社のある辺りだけは色づいた樹木にこんもりと覆われていた。

三左衛門は七福神巡りを終え、吾妻橋を浅草方面に渡って北へすすんだ。

しばらくすると、待乳山聖天の山門がみえてくる。寺は関東の三大聖天に数えられる名刹、本堂には毘沙門天も祀ってある。

高台からの景色も良いので、ふらりと足を向けてみたのだ。

夕陽は西にかたむき、山門をくぐると甃に長い影が伸びた。

ふだんは落ちついた雰囲気の境内が、何やら騒々しい。

男も女も血相を変え、本堂へとつづく石段を駆けのぼってゆく。

「喧嘩だ、喧嘩だ」

野次馬の嬉々とした声につられ、三左衛門も裾を割って走りだす。

喧嘩と聞けば江戸者は、尻っぱしょりで嬉しそうにすっ飛んでゆく。江戸者でなくとも血は騒ぐ。助太刀なぞする気もないのに、どちらの味方につこうかなどと考えながら、三左衛門は石段を登りきった。

「裏手の林だ、斬りあいがはじまるぜ」

野次馬どもの背にしたがい、雑木に囲まれた空き地へ行きつく。

落ち葉を踏みわけ、遠巻きにする人垣の狭間から内を覗いてみた。

匕首を握ったごろつきが七、八人、ひとりの浪人者を囲んでいる。

「高利貸しに雇われた始末屋どもさ」

わけ知り顔の男が、隣で勝手に喋りはじめた。

「何でも、借金のカタにとった貧乏長屋の娘を、逆しまに奪いとられたんだとか。間抜けな連中さ。娘を奪ったのがそれ、あすこに立っている若侍だよ」

三左衛門は亀のように首を伸ばし、始末屋に囲まれた若侍をみた。

「あやつ」

二度あることは三度ある。

輪の中心には、長命寺で見掛けた若者が超然と佇んでいた。

「高利貸しは湯島の天狗屋惣兵衛だ。べらぼうな利息を付け、貧乏人に金を貸す阿漕な野郎でね。ふん、いい気味だぜ。天狗屋の顔を潰してやったのが、あの若侍というわけさ」

男の説明で大筋の事情は呑みこめた。要するに、若侍は何の得にもならぬ無謀をやってのけ、危ない連中から命を狙われているのだ。

「始末屋ってのは質が悪い。人殺しも平気でやってのけるやつらでね」

と、そのとき。

ごろつきのなかでも、いちばんの悪相が喚きだした。

「おれは始末屋の勝吉だ。この顔を忘れたとは言わせねえぜ」

双方にはどうやら、因縁があるらしい。

「こら、若僧、おそでをどこに隠しやがった。素直に吐かねえと、痛え目にあわせるぞ。へへ、これえだは舐めてかかったがな、今日という今日は容赦しねえ。

こっちにゃ腕っこきも控えているんだぜ」

勝吉と名乗る男が目配せすると、背後から痩せ浪人がのっそり踏みだしてきた。病人のような顔色をした山狗だ。金さえ払えば、殺しでも何でも請けおう手合いであろう。

「旦那、お願えしやす。腕の一本も斬りおとしてくだせえ」

「ふん、まかせておけ」

物腰から推すと、かなりできる。

いざとなれば、助太刀をせねばなるまい。

三左衛門は人垣を掻きわけ、前面に躍りでた。

それにしても、若侍は落ちつきはらっている。

わずかに頰を紅潮させているものの、刀を抜く気配もない。

きりりとした濃い眉に涼しげな眼差し、鼻筋のとおった顔は千両役者に勝ると
も劣らなかった。しかも、かなりできる。惚れ惚れするような腰の据わりだ。

「ちょいと、お侍さん、こっちを向いて。見得を切っとくれよ」

芝居小屋でもないのに、大向こうから艶めいた声が掛かった。

野次馬のなかには、女子供もかなり混じっている。

張りつめた空気が和み、判官贔屓の連中から野次が飛びかう。

「ひとりに寄って集って汚ねえぞ」

「許してやれ」

「うるせえ」

勝吉は人垣をぐるりと睨めまわし、鬼の形相で威しつける。

「貧乏人は黙ってろい。若僧が膾に刻まれるさまを、今からみしてやらあ」

見物人たちは仰けぞりつつも、動こうとはしない。

この調子だと、血飛沫が散るまで離れそうになかった。

三左衛門は父親のような眼差しで、事の顚末をみつめている。

用心棒がじりっと間合いを詰め、嗄れた声で喋った。

「おぬし、大胆にも天狗屋に乗りこみ、娘を奪ったと聞いたが。ふん、少しはできるらしいな」

問われても、若侍はひとことも発しない。

不敵に微笑み、刀の柄に手を掛ける。

「命知らずめ」

しゃっと、用心棒がさきに刀を抜いた。

ごろつきどもは後ずさりし、勝負の行方を見守る腹だ。

若侍は抜こうともせず、無防備に胴をさらしてみせる。

「けえ……っ」

用心棒が土を蹴った。

生死の間境を踏みこえ、上段から斬りつける。

ぶんと、刃風が唸った。

「とあっ」

若侍は気合いを発し、抜き際の一撃で跳ねつける。

刹那、用心棒の白刃は天高く弾きとばされた。

「あっ」

ごろつきも野次馬も、誰もが呆気にとられた。

いちばん驚いたのは、刀を失った用心棒だろう。

白刃は車輪のように回転し、櫟の幹に突きささった。

「ぬぐっ」

用心棒には剣客としての矜持がある。尻尾を巻いて逃げるわけにもいかず、
冷や汗を垂らしながら立ちつくすしかない。

力量に雲泥の差があるなと、三左衛門は看破した。
すちゃっと、若侍は刀を納める。
「ま、こんなものでござる」
暢気に発せられた声は、存外に疳高い。
照れたような横顔は、まだ童の面影を宿していた。
周囲から称賛の声が聞こえ、やがて、それは歓声へとなりかわった。
「くそっ、おぼえていやがれ」
勝吉は糞を食ったような顔で吐きすて、乾分どもと石段を駆けおりてゆく。
痩せた用心棒だけは恨めしそうに、櫟の幹を睨みつけていた。
暗くなったら木に登り、刀を回収しなければなるまい。
どっちにしろ、稼ぎ先を失うことはあきらかだ。
が、用心棒の行く末なぞ、どうでもよい。
三左衛門は、若侍の姓名を知りたかった。
「へへ、天童虎之介と仰るんだよ」
さきほどの男が、自慢げに胸を張る。
聞けば、飯のためにネタを売る瓦版屋であった。

三左衛門はこのとき、抑えがたい疼きを感じていた。

剣を極めた者にしか、この気持ちはわかるまい。

ぜひいちど、手合わせ願いたいものだ。

「天童虎之介か」

三

その日は長屋に帰るなり、愛刀である小太刀の目釘を抜いて柄を外した。

愛刀とは、濤瀾刃も艶やかな越前康継のことだ。

熱いおもいを鎮めるように、黙々と刃を研いだりしたものだが、三日も経つと、天童虎之介のことなど頭からすっかり消えてなくなった。

おきちを負ぶって朝飯を炊き、おまつを送りだしたあとは井戸端で洗濯をする。おきちのおしめを替え、近所まで乳を貰いにゆき、手が空けば手習いに通うおすずの読み書きをみてやる。

そうしたあいだにも何やかやと人が訪れ、あっというまに一日は過ぎてゆく。

日々の暮らしにかまけ、剣の申し合いどころではないのだ。

長屋の嬶アどもに「甲斐性なしの子守り侍」などと陰口を叩かれても、へらへら笑って済ませてしまう。ぼさぼさの月代に無精髭を生やした中年男が、かつて上州一円に名を轟かせた小太刀の達人であろうとは、お釈迦さまでもご存じあるまい。

長屋のなかには、女房にぞっこんの「骨なし水母」だと信じて疑わない連中もいる。たしかに、きりりしゃんとしたおまつと風采のあがらぬ三左衛門を並べてみれば、そんなふうに言われても仕方ない。

おまつには人を惹きつける力があった。生来の気品と押しだしの強さ、一見すれば大店の内儀か高級料理茶屋の女将あたりが似つかわしく、どうして魚臭い照降町の貧乏長屋なんぞに住んでいるのか、事情を知らぬ者は首をかしげてしまう。

そもそもは日本橋で糸屋を営む大店の箱入り娘、呉服町の小町娘と噂された時分もあったらしい。いっときは紺屋へ嫁いだものの、浮気性の旦那に懲りて三行半を書かせ、幼いおすずを連れて実家に出戻ったところが、盗人に金蔵を破られた。

双親は心労で亡くなり、身代も潰れてしまったが、おまつはどん底から逞しくのしあがってきた。「縁結びの聖天様よ」と知りあいに喜ばれたのがきっかけ走しているのだ。

で、十分一屋と呼ばれる仲人稼業をはじめ、日夜、男女の縁をとりもつべく奔走しているのだ。

夕刻、おまつが黒紋付の裾を擦りながら帰ってきた。

おすずは部屋の隅っこで往来物を朗読し、おきちは畳に寝ながら静かに聞いている。

「おまえさん、目刺しを買ってきたよ」

おまつはおはぐろの前歯を、にっと剝いてみせた。

丸髷には柘植の櫛を挿し、眉は綺麗に剃っている。

おきちを産んでから一段ともっちりした肌は、白絹のように艶めいていた。

雪駄と白足袋を脱ぎ、屛風の向こうで着替えを済ませると、おまつはさっそく膝を躙りよせてきた。

「ねえ、おまえさん。ちょいとご覧よ、この読売」

みるともなしに目をやり、三左衛門はあっと声をあげそうになった。

「ね、惚れ惚れするほどの男っぷりだろう」

絵に描かれた人物は、天童虎之介に酷似していた。

どう眺めても、歌舞伎役者が見得を切った絵柄なのだが、顔は本人にまちがいない。

見出しには「待乳山にて烏天狗を退治した紅顔の美剣士」とある。

「ちっ」

瓦版屋め。

さっそく、飯のタネにしやがったな。

「おまえさん、烏天狗ってのはね、高利貸しの雇った無体な連中のことなんだよ。このお若いお侍がね、そいつらを束にまとめてやっつけたのさ。偉いねえ、まだ二十歳にも満たないってのに、滅法強くて肚も据わっている。おまけに、これだけの容姿とくれば、町娘たちが抛っちゃおかないよ」

十のおすずがすかさず、口を挟んだ。

「うちの赤鰯とは月とすっぽんだって、おっかさんはそう言いたいんだよ、ね」

「こら、生意気なこと言うもんじゃない」

おまつに叱られ、おすずはぺろっと舌を出す。

子供はひとつ、ふたつ、三つ、四つと、九つまで「つ」を付けられる。十で「つ離れ」した子供たちは甘えたい気持ちを抑え、親離れをしなければならず、世間からも一人前の稼ぎ手とみなされた。

からだはまだ小さくとも、おすずの態度はもう充分に大人びている。

そろそろ女中奉公の口でもみつけなければと、おまつは少し焦っていた。

三左衛門は鼻白んだ気持ちで、読売を手に取った。

「おまつ、これをどうやって手に入れたのだ」

「日本橋の辺りを歩いていりゃ、誰だって手に入れられますよ。千両役者顔負けの色男が悪党退治をしたってね、この紅顔の美剣士、今じゃ世間の人気者さ」

「ふうん」

「つまらなそうだねえ、何かご不満でもおありかい」

おまつは、口端を吊って嘲笑った。

女というものはいくつになっても、年若い色男を追いかけたがる。振りむいてもらえずともよい。そんなことは最初から期待しておらず、何やかやと噂を集めるだけで満足できるらしい。手の届かぬ相手に仄かな恋情を寄せる。そんな自分に酔いつつ、亭主の嫉妬心に火を付けて楽しんでいるのだ。

「名のある戯作者が芝居の本にするらしいよ」

「ふうん」

だから、どうしたというのだ。

「おやおや、恐いお顔だこと」

「こやつをな、知っておるのさ」

「え、ほんとうに」

「ああ、天童虎之介というらしい」

おまつは、ぷっと小鼻を膨らます。

「いったい、どこで知りあったの」

「知りあったのではない。七福神巡りに行ったであろう。あの日、巡った寺の先
先で出くわした」

「それじゃ、待乳山の鳥天狗退治も」

「みたさ、この目でな。ごろつきどもを束にまとめて退治したのではないぞ。用
心棒の刀を弾いてみせただけだ」

「刀を」

「ふん、腕の立つのはみとめるがな、読売に書いてあることは嘘っぱちだぞ」

たとえば、天童虎之介はとある大名家の血筋を引く若君だなどと記されてある
が、これなどは読売を売るための手管にすぎぬと、三左衛門は断じきる。

おまつは遠い目をした。

「若君でなくてもいいんです。このお方はきっと、他人さまに言えないような事情を抱えていなさるんですよ」

　事情ありの男に女は弱い。それと知りながらも、三左衛門は自らの出奔経緯は秘密にしていた。語ったところで詮ないはなし、おまつも敢えて聞こうとはしない。

「おまえさん、このお方のおすがたをご覧になったのでしょう」

「もちろん、みたさ」

「色男でござんしたか」

「いいや。あの面は、小便を引っかけられた蟾蜍だな」

　と水を差す。

「あら」

「がっかりしたか」

「ええ」

　嘘とも知らずに肩を落とし、おまつは読売を抛りなげる。

　三左衛門は上がり端に座り、内職の楊枝を削りはじめた。

## 四

江戸者の飽きやすいのはよく知られたはなしだが、ほどもなく「天童虎之介」の名は世間から忘れさられた。

三左衛門は、柳橋の夕月楼で美酒に酔っている。

句会は久方ぶりだった。

浮きたつような心持ちを抑えきれない。

なにせ、戯れ句を詠むのが唯一の嗜み、横川釜飯なる号もちゃんとある。

ただし、句会といっても、参加するのは三左衛門をふくめて三人しかいない。

ひとりは夕月楼亭主の金兵衛、もうひとりは南町奉行所の定町廻りをつとめる八尾半四郎だ。

ふたりとの付き合いは、かれこれ四年になる。

太鼓腹を抱えた金兵衛は変わりばえしないが、半四郎はずいぶん貫禄がついた。

半鐘泥棒の綽名で呼ばれる六尺豊かな偉丈夫も、あとわずかで三十になる。

一日でも早く嫁取りをせねばなるまいと周囲は騒ぐが、本人には恋い焦がれる相手があった。

楢林雪乃、元徒目付の娘で年は二十三。刀、薙刀、弓、柔術と武芸百般に通暁し、普賢菩薩のごとき見掛けとはうらはらに、武芸者としての胆力を秘めている。南町奉行筒井紀伊守から重宝がられ、奉行直属の隠密に任じられていた。

雪乃は役目に殉じる覚悟でおり、色恋どころではない。

半四郎の想いは、容易なことでは届きそうになかった。

そうした虚しい心情を、酔蟹と化した定町廻りは戯れ句を詠んでまぎらわす。

半四郎はとりわけ屁が臭いので、屁尾酢河岸という号を名乗っていた。一方、金兵衛も茶屋の楼主らしく、一刻藻股千というふざけた号で呼ばれている。

三人の面前では、すっぽんと野菜を乱切りにしてぶちこんだ鍋が、美味そうに湯気を立てていた。

「雪乃、雪乃」

半四郎は酔いがまわったのか、赤ら顔で想い人の名を連呼する。

金兵衛はにやつきながら銚子を提げ、盃に酒を満たしてくれた。

「釜飯どの、今宵の屁尾さまは荒れておられる。お気をつけなされたほうがよい」

「ふむ、屁尾さんは酒量が過ぎると、からむ癖があるからな」

「それに泣きます。うえん、うえんと、赤子のように」

ふたりのやりとりを聞きつけ、半四郎が充血した眸子(まなこ)を剝いた。

「おれは酔ってなどおらぬぞ。このおれさまが一升や二升の酒に呑まれるとでもおもうか」

「いえいえ」

金兵衛はぺろっと舌を出し、話題を変えた。

「そういえば、例の土左衛門(どざえもん)、顔を潰された男の素姓(すじょう)、わかりましたか」

「素姓だけはな」

「ほう、さすがですね」

「薬の行商だった。三田綱坂(みたつなざか)の裏長屋に住んでおってな、女房はいるが子はない。ただ、ちょいと引っかかることがある」

「引っかかること」

「ほとけの袖から手懸かりがふたつ見つかった。ひとつは髭根、こいつは万病に効く高価な人参(にんじん)でな、薬売りの行商があつかうような品じゃねえ。それより妙なのは珊瑚玉のほうだ」

「珊瑚玉」

「ああ、簪飾りに付ける精巧な細工物でな、簪屋に片端から当たったら細工職人がみつかった。職人のはなしじゃ、細工を注文したのは侍だっていうのさ。姓名は森野数馬、番町に住む歴とした御家人よ」

職人のはなしでは、森野には幼い娘がいる。珊瑚玉というのは、七つの娘に贈る祝いの品だったらしい。

「娘の七つといえば帯解き、あとひと月もすれば七五三ですね」

金兵衛に水を向けられ、半四郎は相槌を打った。

「それとなく探ってみたらな、森野数馬は数日前から行方不明になっていやがった」

「え、すると、薬売りと御家人が同じ人物だと仰るので」

「何も難しい謎解きじゃねえ。森野は大目付さまの用人だった。女房にも真の役目は隠していたが、たぶん、隠密だ」

「なるほど、薬売りに化けて、どこぞの御大名家を探っていた。そいつがばれて、殺められたというわけか」

「そういうこと。探る相手が大名家となりゃ、定町廻り風情の出る幕はねえ」

「すると、この一件は」

「うやむやになる。もう忘れようぜ」

半四郎は苦い顔で酒を呑み、景気づけに膝をぱんと叩いた。

「金兵衛、お題はねえのか」

「さればおひとつ、紅葉にちなんだ戯れ句を詠むというのはいかがです」

「紅葉か……よし、できたぞ」

「素早いですな。拝聴、拝聴」

「馬でなく鹿の背に乗り紅葉狩り……どうだ」

「お見事。名所はどこも人だかり、にもかかわらず、紅葉狩りに出向くのは馬鹿ばかりというわけですな」

「ま、そんなところだ」

「ぬふふ、屁尾さまは酔うほどに頭が冴える」

「ふん、つぎはおぬしの番だぞ」

「かしこまりました。ええっと……紅葉より色づきたるは閻魔顔、ほほ、いかがでしょうな」

「閻魔とは、おれのことか」

「ご名答。屁尾さまは悪党どもに、鬼よ閻魔よと恐れられております。さて、つぎは釜飯どの」

　振られるのはわかっていたが、ことばが出てこない。

「待ってくれ、どうも浮かばぬ」

「久方ぶりですからな、勘が鈍っておいでなのでしょう。遊びのない御仁は老いも早いと申します。釜飯どの、句会には足繁(あししげ)くお通いなされ」

「そうしたいのは山々だが」

「可愛い娘の子守りに忙しいのでしょう」

「情けないが、そのとおりだ。長屋では子守り侍なぞと陰口を叩かれておる」

「いや、さすがですな。誰に何と言われようと、いっこうに動じるご様子もない」

「内心はそうでもないさ」

「おや、他人の噂をお気になさるので」

「まあな……お、浮かんだぞ」

　三左衛門は唐突(とうとつ)に、戯れ句を口走った。

「紅葉をば散らして誘う裾模様」

「ほほう、色っぽい句ですな」

金兵衛は感嘆し、眸子を細めた。

「婀娜な女の立ち姿が目に浮かぶようです。とても子守り侍が詠んだとはおもえませぬ」

「なぜであろう。むしろ、とりわけ縁遠いものとか、かないそうもない願望なぞに心が向くのだ」

「そこが戯れ句の良さですよ。ところで、紅葉を裾に散らした女子なら、湯島で見掛けましたぞ。貸元のところへご挨拶に伺ったら、可愛い娘を紹介されましてね。まだ水揚げも済ませていない未通娘だそうで。源氏名はもみじ、色の白い儚げな娘で。よくよく聞けば、わけあって岡場所に売られてゆく運命なのだとか」

「もみじか、ひねりのねえ源氏名だぜ」

半四郎が口を挟むと、金兵衛はいっそう饒舌になった。

「本名はそでと申します。父親は鎌倉河岸の裏長屋で棒手振りをやっていた。雨つづきで商売ができず、おまけに病気をして寝込んじまったせいで、仕入れに借りた小金も返せなくなった。わずかな借金のカタに、一人娘をとられたのですよ」

「よくあるはなしだな」

「ところが、娘が売られるまでに一悶着(ひともんちゃく)ありましてね。同じ長屋の隣に住む浪人者がなんと娘の身柄を奪い、どこかに隠しちまったというのです」

「ちょっと待て」

三左衛門の顔色が変わった。

「その浪人者、天童虎之介という若侍ではないのか」

真顔で糺(ただ)すと、半四郎のほうが反応した。

「ん、その名は聞いたことがあるぞ。たしか、天童虎之介は縄を打たれ、今も三田神明坂(しんめいざか)の自身番(じしんばん)に繋がれておるはずだ」

「八尾さん、まことですか」

「読売に描かれて評判になった若僧だからな、まちげえるはずはねえ」

「罪状は」

「忘れちまった。どっちにしろ、てえした罪じゃねえはずだが、大番屋(おおばんや)送りになるかもしれぬと聞いた」

大番屋送りとなれば、詮議(せんぎ)次第では小伝馬町(こでんまちょう)の牢屋敷(ろうやしき)に繋がれ、重罪人あつかいされかねない。あげくは無宿人として島送りになる公算も大きいと、半四郎は説明する。

金兵衛が鍋をつきながら、はなしを接いだ。

「鬼の居ぬ間に何とやら、天童っておひとが捕まっているあいだに、おそでは始末屋の連中に捜しだされたそうですよ。聞くところによれば、日本橋本町の貸本屋に隠れていたのだとか」

「貸本屋」

「はい、屋号は弁天屋と申します。女将が細腕一本で仕切っている小さな店でしてね。天童虎之介がよく立ち寄っていたとか。顔見知りの誼で娘をあずかってほしいと、無理に頼んだのでしょう。居場所を吐いたのは娘の父親か、母親か、どちらかだそうで」

真面目だけが取り柄の棒手振り夫婦は、始末屋の脅しに屈したのだ。

おそでは女衒を介して、どこかの岡場所に売られていった。湯島からさきの行方は、金兵衛も知らない。

「いわくのある娘なので、相場よりもずいぶん高値で売れたのだとか。ただ、どこに売られていったのかは、貸元も知らぬと仰いましたよ」

このはなしは、そこで終わらない。

双親はおそでの居場所を吐いたあと、首を縊ってしまった。

「釣瓶心中だそうです。死んじまったら元も子もないのに、死ねば売った娘への罪滅ぼしになるとでもおもったのでしょうかね」

「けっ、酒が不味くなりやがった」

悪態を吐く半四郎に向かって、三左衛門はぺこりと頭をさげた。

「八尾さん、天童虎之介を助けてもらえませんか」

「え、どうして」

「じつは、少しばかり縁があります」

七福神巡りでの経緯を、三左衛門はかいつまんで語った。

「なるほど、そいつは捨ておけねえな。でもね、浅間さん、事はそう簡単じゃあねぇよ」

天童虎之介が縄を打たれたのは天狗屋の差し金であろうと、半四郎は読む。

だとすれば、捕り方は袖の下をたっぷり貰っているはずなので、容易には解きはなちに応じまい。

「そこを何とか」

「仕方ねえ、骨を折ってみるか」

「どうか、お願いします」

三左衛門は肘を張り、深々と頭をさげた。

五

暦は立冬から小雪となり、日毎に寒さは増すばかりだ。

それでも露地裏を歩くと、枳殻や金木犀の芳香がただよい、心を慰めてくれる。

半四郎の尽力により、天童虎之介は解きはなちになった。

どうやったのかはわからない。裏技を使ったのだろうが、半四郎はいつもどおり笑ってごまかすだけだった。

午過ぎ、照降町の長屋にひとりの老臣が訪ねてきた。

「失礼つかまつる。それがしは会津松平家留守居配下、藪本源右衛門と申す者でござる。浅間三左衛門どのに、おめどおり願いたい」

おめどおりもなにも、狭苦しい部屋には三左衛門と赤子のおきちしかいない。

「何かご用ですか」

惚けた顔を向けると、藪本なる老臣はこほっと空咳を放つ。

「そこもとが浅間どのか」

「はあ」

「いや、ご無礼つかまつった。こたびは天童虎之介のことでご尽力いただき、まことに申しわけござらぬ。本人に替わって、このとおり、感謝申しあげる」

「わたしの名を、誰に聞かれたのですか」

「八尾半四郎どのでござる。番所に出向き御礼を申しあげたところ、自分ではなしに浅間三左衛門どのをお訪ねいただきたいと申されてな」

「ふん、余計なことを」

「何か仰られたか」

「いいえ、ひとりごとです」

「ご迷惑であったかな」

「そういうわけではありませんが、こうしてお越しいただいても事情がわかりません。ゆえに、褒美を頂戴するわけには」

「お待ちあれ。褒美なぞ持ちあわせておらぬが」

「へ」

「ほれ、このとおり。手ぶらのぶうらぶうら、でござる」

「あ、そうですか」

「がっかりなされたようじゃの。それがしはあくまでも、感謝の気持ちをお伝え申しあげたかったまで。ちと、そこに座ってもよろしいかな」

「どうぞどうぞ、気がつきませんで。今、茶を淹れます」

「お気遣いは無用じゃ」

ことばとはうらはらに、藪本は物欲しそうな顔をする。

三左衛門は腰をあげ、火鉢に鉄瓶を掛けた。

「すぐに湯が沸きますので」

「ふむ、畳に寝ておられるのは、娘御かな」

「はい」

「名は」

「きちと申します」

「可愛いのう。にしても、そこもとは四十を超えておられよう。ずいぶん、遅いお子であったな」

「お察しのとおり、ようやく授かった娘です」

「さようか、だいじに育てられよ」

「もったいないおことば、いたみいります」

湯が沸いた。

一番茶を淹れてやる。

藪本は出された茶を啜り、白髪まじりの眉をさげた。

「ところで、そこもとは天童虎之介と、どのような関わりがおありか」

「関わりなど、まったくありません」

「おや」

「言ってみれば片思い、いやいや、誤解めさるな、そっちの気はありませぬゆえ」

七福神巡りでの経緯を語ると、藪本は何度も頷いた。

「弱きを助け、強きを挫く。いかにも、あやつらしいな」

「今どき殊勝な心懸けの若者と感じ入り、どうにかして救う手だてはないものかと。たまさか馴染みにしている八尾どのにご相談申しあげたところ、快く願いをお聞きとどけいただきました」

「なるほどのう。いやはや、感激いたしました。世の中、捨てる神あれば拾う神ありじゃな。これもみな、天童虎之介の人徳ゆえの結びつき。お陰様で、あやつめは島送りにならずに済み、復縁の道も閉ざされずに済んだというもの」

「復縁とは」

「藩への復帰にござる。天童虎之介は元会津藩士、二年前に藩を逐われた身でしてな」

虎之介は天童家の三男坊だった。すでに父はなく、長兄の虎太郎が家長となっている。同家は代々、お城勤めのかたわら、真天流の道場を営み、次男の虎二郎もふくめて天童家の三兄弟は会津の「三虎」と呼ばれるほどの遣い手であった。

「亡き父親は藩の実力者、生前は御目付に任じられていたこともあり、兄ふたりは馬廻り役に抜擢され、虎之介は殿様付きの御小姓を務めておりました」

あるとき、御前試合がおこなわれ、次兄の虎二郎が熊澤典膳なる溝口派一刀流の練達と申し合いをやって敗れた。なぜか、その翌日、虎之介は怒りにまかせて、単身、熊澤邸に斬りこみをはかったのだという。

「裏には深い事情がありました。御前試合の前日、虎二郎は何者かに襲われ、利き腕に怪我を負ったのでござる。それが原因で敗れ、真天流を奉じる天童家の権威は貶められた。虎之介は熊澤一派の陰謀と確信し、軽率な行動をとったのでござる。幸い、怪我人は出ませんでしたが、他家に土足であがって刀を抜いたのですから、罰を与えぬわけにはまいりませぬ」

虎之介は乱心とされたうえ、藩外追放となった。

腹を切らずに済んだのは、同い年の殿様に気に入られていたからだという。

藪本源右衛門は三兄弟の父虎雄の弟で、藪本家に養子にいっており、叔父にあたる。日頃から彼等を自慢におもっていたが、御前試合を境にして、由緒ある天童家は凋落の一途をたどった。

まず、長兄の虎太郎は馬廻り役の任を解かれ、薬用人参を扱う人参方に転出させられた。さらに、次兄の虎二郎は剃髪して出家の身となり、三男の虎之介は領外へ逐われたのだ。

「虎之介は幼いころより、性根が座っておりました。剣も立つし、賢い。何よりも義を重んじ、同年輩の仲間からも慕われていた。将来は藩を背負ってたつ人物と、嘱望されておったのです。縁のある者はみな嘆きましてな、されど、虎之介を野に放たぬかぎり、天童家に明日はない」

藩籍を失った者に対して、金銭の面倒等はいっさいみてはならぬ。

会津藩には、右のような厳しい定めがある。

「かといって、虎之介を見捨てるわけにはまいりませぬ。拙者は復縁に一縷の望みを持っております。天童家の長兄とはからって、秘かに月々一両を与えることにし、隠居も同然の拙者が守役を買ってでたのでござる。なれど、肝心の本人が嫌がりましてな、金も守役もいらぬと抜かす。じつを申せば、ほとほと困っておるのでござるよ」

「月に一両あれば、楽に暮らせように」

「それが、頑として受けとろうといたしませぬ。虎之介は生来の一刻者、詮方なく大家どのに金を預け、いっさいを任せておるのじゃよ」

「なるほど」

「浅間どの」

　突如、老臣は身をひるがえらせ、床に両手をついた。

「これをご縁にどうか、あれの面倒をみてくださらぬか」

「え」

「このとおりでござる」

「お手をおあげください」

「かたじけない、お受けくださるか」

「いや、そういうわけにはまいらぬ」

たじろぐ三左衛門のことばも聞かず、藪本は思案顔になる。

「さっそくじゃが、ちと心配事がござってな。お察しのこととは存ずるが、虎之介は長屋で隣同士だった棒手振り夫婦の世話になった。飯を食わせてもらったり、着物の綻びを縫ってもらったり、まあ、博徒のことばで申せば、一宿一飯の恩義にあずかったというわけじゃ」

「その夫婦、首を縊ったと聞きましたが」

「ふむ、それがどうもおかしい。死に追いやられた形跡がござる」

「いったい、誰に」

と、聞くまでもあるまい。

「金貸しに雇われた始末屋どもにござるよ。長屋の連中も目にしたはずじゃが、仕返しが恐ろしゅうて口を噤んでおる。なれど、拙者の得た感触ではまず、まちがいない。虎之介もすぐに、それと勘づくじゃろう」

「勘づいたら、どうなります」

「後先も考えずに突っ走る。猪突猛進こそが虎之介の生き方。そこで浅間どのにひとつ、あれを見守ってほしいのでござるよ」

「見守る、どうやって」

「陰に日向に、見守ってくださらぬか。あ、いや、ご迷惑なのは重々承知のうえでお願い申しあげるのじゃ」

「わたしには無理です。だいいち、面識もありません。見守るのは、藪本どののお役目でしょう」

「それはそうじゃが、ご覧のとおりの老耄、いざというとき役に立ちますまい。なにせ、それがしは毛嫌いされておる。あやつ、まともに会ってくれようともせぬのじゃ。幼いころはよく、おしめなぞ替えてやったになあ」

　老臣は目をほそめ、天井をみつめた。

　三左衛門はおもいを込める。

「藪本どのを嫌っているのではありませんよ。いつまでも関わっていると、そちらにも累が及ぶと考えているのでしょう」

「おお、さすがは浅間どの、虎之介のことをよくわかっておられる。あれは他人を気遣うことのできる若武者じゃ。ご案じめさるな。浅間どののことはそれとなく、大家を通じて本人に伝えさせよう」

「お節介焼きの物好きがひとり、茶飲み友達になりたがっているとでも、言わせるのですかね」

「辰五郎長屋の大家は善助といってな、名のとおり、善人を絵に描いたような男じゃ。虎之介にも信頼されておるゆえ、善助の申すことなら耳をかたむけよう。の、そういうわけでお頼み申す」

「そういうわけとは、どういうわけです」

どうも、はなしが嚙みあわない。

「無論、ただでとは言わぬ」

藪本は袖をごそごそやり、小判を三枚摘みだした。

「さ、お受けとりくだされ。これは守役の手付けとお考えいただきたい」

三左衛門の目つきが変わった。

役目を果たせば、それ以上の報酬が貰えるのだ。

「ご遠慮めさるな、浅間どの」

「はあ」

「うひょひょ、これで決まりじゃな」

藪本は勝ち誇ったように笑った。

気づいてみれば、三左衛門は小判を握っている。

　これも貧乏侍の悲しい性（さが）、光る物にはとことん弱い。

　ともあれ、受けとった以上、約束は守らねばなるまい。

## 六

　妙な風向きになってきた。

　三左衛門は小判をじゃらじゃらさせながら、鎌倉河岸へ向かった。

　途中の本町三丁目で足を止めたのは、虎之介がおそでを隠したという貸本屋を見掛けたからだ。

　三丁目は大路の左右に薬種問屋（やくしゅどんや）が居並び、薬大路とも呼ばれている。

　道を歩いただけで、苦そうな薬の臭いがただよってきた。

　小さな貸本屋は大店に挟まれ、異彩を放っていた。

　門口に佇む弁天の像が、黄金に輝いているのだ。

　よくみれば、箔（はく）をちりばめた錦絵（にしきえ）だった。

　店を仕切る女将に、少し興味がわいてきた。

「ごめん」

埃の臭いが、もわっとただよってくる。

女将は奥の炬燵に座り、蜜柑を食べていた。

蜜柑の皮が花のようにひろげられ、床にいくつも並んでいる。

「女将さんかい」

「そうですけど、どちらさまで」

「浅間三左衛門と申す」

「黴の生えた古本の押し売りなら、お断りですよ。お売りいただくなら、唐物の軍学書なんぞがよろしゅうございますが、お持ちじゃなさそうですね」

「ご推察どおり。軍学書なんぞ、読んだこともない」

「お持ちこみでないなら、何かお読みになりたいものでも」

「いいや、天童虎之介のことで、ちと聞きたいことがあってな」

「ぶえっ」

女将は蜜柑の房を吹きだした。

三左衛門は慌てて取りつくろう。

「わしは怪しいものではない。さよう、天童虎之介の後見人のようなものだ。何があったか、詳しいはなしを聞かせてはもらえぬか」

「迷惑をこうむったのは、こっちなんですよ。だいいち、あのお侍にゃ、これっぽっちも義理はないんだ。義理どころか、感謝してもらいたいほどでしてね。それこそ、分厚い軍学書だの何だの、あのお方は読みたがるものだから、ただで読ませてあげていたんですよ。ちょいと若くて良い男だから、こっちも甘い顔をみせちまってね。だから、あんな厄介事（やっかいごと）を持ちこんできたんでしょうよ」

「おそでのことだな。預かってくれと頼まれたのか」

「ええ、事情は聞きませんでしたけど、足抜（あしぬ）けだってことは察しがつきました。でもね、旦那、二本差しの色男に土下座（どげざ）までして頼まれれば、断れやしませんよ。弁天屋のおたきに任せておきなって、胸をぽんと叩いちまったんです」

「ふむ、それで」

「もちろん、礼なんざいらなかった。金欠だってことはわかっておりましたからね。ただし、冗談半分で条件をひとつ付けてやったんですよ。うちは弁天様に縁が深いから、隅田川の七福神巡りでもしてお札を貰い、最後に待乳山のお札を貰って帰ってきな。金が無いんなら、そのくらいのことはして誠意をみせとくれよって、そんなふうに言っちまったんです」

なるほど、それで虎之介が七福神巡りをしていた理由がわかった。

「うふふ、待乳山ってのは余計ですけど、そいつは隠語でしてね。ほら、旦那もごらんになってくださいな、このお乳」

瓜（うり）のような乳房がふたつ、よろけ縞（じま）の着物から、はちきれんばかりになっている。

「ね、待乳山ってのは何を隠そう、わたしのことなんですよう。娘を匿（かくま）うのと交換に、大年増の淋しさを慰めていただこうなんて、すけべ心を出したんです。もちろん、冗談半分でね。でも、ひょっとしたら、そのせいで、あんなことになっちまったのかもしれない。娘の双親は鮭になり、娘は阿漕（あこぎ）な連中に連れていかれちまった。たまさか、その筋に知りあいがおりましてね、命までは取られずに済んだけど、あたしも余計な散財をさせられましたよ。ほんとうに、天童さまってのは困ったおひとだよ。でもね、不思議と腹は立たないんです。なぜかしらねえ」

虎之介は律義にも八枚の札を携（たずさ）え、弁天屋に戻ってきた。

だが、すでに、おそでは連れていかれたあとだった。

「やつは、どうしておった」

「拳（こぶし）を固めて、ぷるぷる震えておりましたよ。わたしは申し訳なくて、お顔もみられなかったけれど、おおかた、鬼のような顔をしておられたんでしょう。それでもご丁寧にお礼を述べられ、その足でどこかに行かれましたよ」

「天狗屋か」

「さあ。なにしろ、七日もまえのことですからね。でも、天狗屋がどうかなったって噂は聞きませんし。きっと、娘の消息を訪ねて、江戸じゅうの岡場所を巡っておられるんじゃないですか。みつかりゃいいのにって、こっちも助けてあげたくなっちまう。関わりになりたかないんだけど、つい、面倒をみてあげたくなる。天童さまってお方は、不思議なおひとですよ」

三左衛門は女将に礼を言って去り、門口の弁天さまの頭を撫でた。

七

竜閑橋を渡った。

行く手の左には、内濠が満々と水を湛えている。

濠端はかつてお城の石垣にする石を鎌倉より運びあげた鎌倉河岸だが、河岸の中心は日本橋や京橋に移ったので、今はそれほどの活気もない。

辰五郎長屋は横町を曲がったさき、入りくんだ町屋の片隅にあった。

三左衛門はひとまず、木戸口のみえる天水桶の狭間に潜んだ。

まだ八つ刻（午後二時）だが、空は暗い雲に覆われている。

「時雨でも降ってきそうだな」

木戸番の親爺は空模様など気にならぬのか、柱に寄りかかって眠りこけていた。

どうにも、木戸の向こうに踏みこむ勇気が持てない。

お節介焼きとおもわれるのが癪に障るのだ。

が、いつまでも隠れてばかりもいられぬ。

「ままよ」

物陰から抜けだし、木戸番の敷居をまたいだ。

親爺が目を醒まし、口をへの字に曲げる。

「よう」

三左衛門は気軽な調子で手をあげ、売り物の煎餅を摘みあげた。

「焼き芋はまだかい」

「あと二、三日ではじめますよ」

「そうかい、なら、こいつを貰っておこう」

小銭を床に置き、煎餅を齧る。

「しょっぺえな」

「そうですかい」

「ちとものを尋ねるが、天童虎之介という若侍が長屋に住んでおろう」

「天童さまが、どうかしなすったので」

「おるのか」

「いいえ、朝早くお出掛けになりましたよ」

「どこに行ったか知らぬか」

「それを聞いて、どうなされます」

探るような目でみつめられ、三左衛門はにっこり笑いかえす。

「わしは怪しい者ではない。天童どのとはちょっとした知りあいでな。かの御仁、若いわりにはしっかりしておられる」

「わかりますか、旦那も」

「ふむ、じつに気の良い男だ。喩えてみれば、秋晴れの空のような爽やかさがある」

「秋晴れの空」

首を差しだして空を仰いでも、曇天がひろがっているだけだ。

それでも、親爺はすっかり機嫌を直し、皺の深い眦をさげた。

「旦那はどうやら、わるいお方じゃなさそうだ」

「浅間三左衛門と申す。住まいは照降町の裏長屋でな」

「魚河岸の裏ですかい。あたしゃこの長屋の大家でしてね、善助と申します」

「するとあれか、会津の藪本どのから仕送りを預かっている御仁か」

「さようで。どうして旦那が」

「聞いておらぬようだな。じつは、藪本どのから、天童虎之介を陰に日向に見守ってほしいと頼まれてな」

三左衛門は、今までの経緯を正直に語った。

「さようでしたか、旦那も待乳山に」

「妙なはなしだが、まだ会ったこともない相手に因縁を感じてな」

「そういうこともありましょう」

「おぬしなら、棒手振りの夫婦が首を縊った顛末も知っておろう。悪党どもに無理強いされたと聞いたが」

「その件はご勘弁を。滅多なことを口走れば、半殺しにされちまう」

善助はぶるっと震え、拝むような仕種をする。

「ま、その様子をみれば察しはつくがな」

ひょっとしたら、長屋の連中で知らぬ者はいないのかもしれない。哀れな夫婦に引導を渡した悪党どもの正体を知っていながら、仕返しを恐れて口を噤むしかないのだ。

「天童虎之介は、そのことに勘づいたのか」

「たぶん」

「まずいな」

「まったくです」

「行き先のあては」

「おそでを捜しにいかれたのですよ。根津に湯島、上野に谷中、八丁堀代地に蒟蒻島、麻布市兵衛町に鮫ケ橋、四谷赤坂に芝神明、本所は回向院裏から深川七場所にいたるまで、岡場所と名のつくところは、ぜんぶ当たってみなさるおもりのようで」

「そいつはすごいな」

「こうときめたら、とことんやりとおす、天童さまのことです。おそでをみつけりゃ、無理にでも連れもどそうとするにちがいない」

「なぜ、そこまでして、おそでを助けようとするのだ」

「不憫におもわれたのでしょう。なにせ、天童さまは慕われておりましたから。おそでにとっちゃ、じつの兄みたいなもので」

　部屋が隣同士の縁で、おそでの家族とは格別に仲良くしていたらしい。

「双親を救うためとはいえ、おそでは岡場所なんぞに行きたくなかった。ごろつきどもが最初に長屋へやってきたときも、泣いて隣近所に助けを請うたのです。そのとき、天童さまは留守だった。帰ってこられ、それと知った途端、天狗屋めざして韋駄天走りに走っておいきなすった。へへ、娘に頼られたら意気に感じる。それでなくちゃ侍じゃありませんや」

　天童虎之介のやったことが、たとい双親を死においやった原因だったとしても、誰が責められよう。手をこまねいて傍観するしかない者たちに、虎之介のことをとやかく言う資格はない。

　三左衛門はいまや、身内のような心境になっている。

「旦那、おそでは気だての良い娘でしてね、いつも元気いっぱいで、長屋を明るくしてくれてた。おそでが居なくなり、双親もあんなことになっちまって、長屋は灯が消えたも同然です」

親爺は洟水を啜り、涙声になる。

「ちくしょう、みんな天狗屋のせいだ。とんでもねえ利息を付けやがって、あれじゃ騙されたも同然だ」

長屋の連中も本心では、天童虎之介が仇を討ってくれることを願っているという。

「あたしだってそうです。でもね旦那、天狗屋にゃ気の荒い番犬どもが控えております。天童さまは腕は立つが、闇雲に突っこんでも返り討ちに遭うにきまっている。ここはひとつ、助太刀をお願いしたいところだが、旦那はあんまし強そうじゃない。どっちにしろ、貧乏人は泣き寝入りするしかないんですよ」

口端に白い唾を溜め、善助は喋りきった。

瓶から柄杓で汲んだ水を、ごくごく呑みほす。

「わしにも水をくれ」

「へ、こりゃどうも気が利きませんで」

「ともかく、本人に会ってみぬことには、はなしにならぬな」

「仰るとおりで。何なら、ここで待たれますか。むさ苦しいところですけど」

「よいのか」

「ちょいと一刻（二時間）ほど留守にしますんで、店番をお願いしてもよろしゅうございますかね。へへ、店番といっても居眠りしてくださってりゃいい。そのうち、天童さまも帰ってきなさるでしょう」

「承知した」

三左衛門が頷くと、善助はそそくさと出掛けていった。

八

一刻が経過しても、善助は戻ってこない。

客もなく、いつのまにか、三左衛門は眠ってしまった。

「もし、もし」

妖しげな声に目を醒ませば、あたりはすっかり暗くなっている。

声のするほうに顔を向けると、十七、八の娘が立っていた。

「あの、大家さんはどこに」

必死の形相で糺され、三左衛門は鯉のように口をぱくつかせる。

娘は首筋に安物の白粉を塗り、髪を島田くずしに結いあげていた。

白粉の剝げた肌に後れ毛が垂れており、一目で岡場所の女とわかる。

渋い色目の着物の裾には、紅葉が鮮やかにちりばめてあった。

「おぬしは、おそでか」

娘はこっくりうなずき、手の甲で口紅を拭った。

黒御影のような大きな目に、じっと涙を溜めている。

「市ケ谷のじく谷から逃げてきたんです。みつかれば、きっと殺されちまう」

「落ちつけ。わしに任せろ」

三左衛門は胸をどんと叩き、呟きこんでしまう。

「あの、お武家さまはどちらさまで」

「お武家というほどの者ではない。浅間三左衛門だ」

「もしや、虎之介さまのご友人ですか」

「友人、ま、そんなところだ」

「虎之介さまはどちらへ」

「わしもそれを聞こうとおもっていた。あやつ、おぬしを捜しまわっておるらしい」

「虎之介さまが、わたしを」

「その様子だと、逢っておらぬようだな」

「はい」

「おのれの一存で逃げてきたのか」

「はい、知らないお方に肌などみられたくありません。ましてや、触れられることなど……そんなことをされるくらいなら、舌を嚙んだほうがましです。でも、死ぬまえにもういちど、おとっつぁんとおっかさんの顔をみたくなって」

「何だと」

おそでは、双親が首を縊ったことを知らないのだ。

そのことを伝える役目は、三左衛門には重すぎる。

「お武家さま、どうかなされましたか」

「い、いや」

「幼いころから慣れ親しんだ長屋の木戸を、どうしても潜る勇気が持てません。気が引けるのです、身に振りかかった不幸を持ちこむみたいで」

三左衛門は応じることもできず、そわそわしはじめた。

大家の善助は、いったいどこで油を売っているのだ。

やがて、表通りが何やら騒々しくなってきた。

九

「追っ手です」

おそでが固まった。

「こっちに来い」

かぼそい腕を手繰(たぐ)りよせる。

「急げ。後ろの物陰に隠れておれ」

「はい」

おそでは履物(はきもの)を脱ぎすて、板間を滑るように通りすぎた。

それと入れ替わりに、強面の半端者が三人、息を弾ませながら躍りこんでくる。

「邪魔するぜ」

顎(あご)の長い男が三左衛門をみつけ、少し驚いてみせた。

「へえ、浪人者が木戸番かい」

「おぬしらは何者だ」

「じく谷の番人よ」

「それが何の用だ」

「もみじっていう足抜け女郎を捜しているのよ。この襤褸(ぼろ)長屋で生まれ育った娘でな」

吐いたそばから、顎長は鼻をくんくんさせる。

「くせえな、白粉(ぱっちり)の匂いだぜ」

土間に目を落とせば、女物の草履(ぞうり)が脱ぎすててある。

顎長はにやっと笑った。目端の利く男だ。

「おめえさん、女を隠すと、ためにならねえぜ」

「脅しか」

「脅しじゃねえさ」

三人は懐中に手を差しいれた。

匕首を呑んでいるのだ。

「本気だぜ」

「そうか」

「恐かねえのか」

「残念ながらな」

「へへ、木戸番の野良犬が強がるんじゃねえ。こちとら、だてに修羅場(しゅらば)をくぐってきたわけじゃねえんだ」

「やめとけ、怪我をするぞ」

「はったりかますんじゃねえぞ、この」

「なら、好きにするがいい」

「殺(や)ってやる」

顎長につづき、ほかのふたりも匕首を抜く。

「きゃっ」

物陰から、おそでが悲鳴をあげた。

「ほうら、兎(うさぎ)が隠れていやがった。へへ、鬼さんこちら、手の鳴るほうへってな」

「詮方ない」

三左衛門は、ゆらりと立ちあがった。

右手には大刀を黒鞘(くろざや)ごと提げている。

前触れもなく抜き、鞘をからんと捨てた。

「うっ」

顎長は仰けぞり、すぐに失笑を漏らす。

「けっ、なんでえ、竹光じゃねえか。おもったとおりの腰抜けだぜ」

「竹光でも先端は尖っておるぞ。刺さったら痛かろう。むしろ、刃物の傷より始末がわるいかもな」

「うるせえ」

顎長はだっと跳ねとび、下から突きかかってきた。

三左衛門はひらりと躱し、撓ませた竹光で籠手を叩く。

「痛っ」

顎長は匕首を落とした。

すかさず、三左衛門は反転し、尻の割れ目に先端をぶちこむ。

「ぬほっ」

顎長は天井を向いて伸びあがり、鶏のような恰好で外へ飛びだした。

「ひぇえぇ」

尻を押さえて叫びながら、闇の向こうに消えてゆく。

仲間のふたりは呆気にとられ、身動きもできない。

「だから、言うたであろう。竹光の先端は尖っていると。尻の穴が破れたかもしれぬ。医者にみせたほうがよいぞ」

「く、くそっ、おぼえてやがれ」

半端者どもは後ずさりし、尻尾を巻いて退散する。

ふと、気づいてみれば、木戸口に大勢の人影が集まっていた。

長屋の連中だ。

迷惑そうな顔で、こちらを眺めている。

おそでが、興奮の面持ちで飛びだしてきた。

「あっ」

長屋の連中は驚き、空唾を呑む。

たしかに、売られたおそでは別人のように変わっていた。

肥った嬶ァがひとり、ずいと前に押しだしてくる。

「どうして帰ってきたんだい。おまえは大莫迦だよ。ふん、だいそれたことをしでかしてくれたもんだ」

嬶ァの剣幕に気圧され、おそでは俯いてしまう。

帰るところがないから、長屋に帰ってきたのに、昔馴染みの連中から白い目でみられたらたまらない。

「あんたは疫病神（やくびょうがみ）なんだよ。双親はあんたを売って首を縊っちまうし、岡場所に売られたはずの娘は逃げかえってくるし、とんでもない親子だよ、まったく」

おそでは仰天（ぎょうてん）し、嬶ァに聞きかえす。

「おばさん、いま何て言ったの。おとっつぁんとおっかさんが、どうしたって」

「おまえ、知らなかったのかい。ふたりは釣瓶心中をやったのさ。ほとけになっちまったんだよ」

「知らない、そんなこと、知らない」

おそでは蹲（うずくま）り、からだをぶるぶる震わせはじめた。

それでも、嬶ァの口は止まらない。

「長屋のみんなでお金を出しあってね、葬式まであげてやったんだよ」

さすがに、誰かが叱責（しっせき）した。

「恩着せがましいことを言うもんじゃねえ」

「だって、この娘はまた災いを運んできたんだ」

嬶ァはそう吐いた途端、はっとして黙りこむ。

三左衛門に、鬼のような形相で睨まれたからだ。

「ひとことだけ言わせてもらおう」

「なんだい、あんた」

「照降長屋の食いつめ者さ。おめえら、血も涙もねえのか、それほど我が身が可愛いのか。おそではな、好きで売られたわけではない。帰るところは、生まれ育ったこの長屋しかないのだぞ。温かいことばのひとつも、掛けてやったらどうなんだ」

「関わりのないおひとに意見されたかないよ。あんたらお侍はね、ああした手合いの怖ろしさが何ひとつわかっちゃいないんだ」

もはや、相手にするのも億劫だ。

三左衛門は、蹲るおそでの肩を抱きあげた。

「さあ、行くぞ。こんなところに未練はあるまい」

木戸に背を向け、肩を怒らせながら歩みだす。

すると、天水桶の隙間から、大家の善助が顔を出した。

「旦那」

「おう、どこで油を売っておった」

「天童さまを捜しておりました」

「みつかったのか」

「いいえ」

「そうか、詮方あるまい。長屋で頼りになるのは、どうやら、おぬしひとりらしい」

「大家は店子の親も同然、おそでは今だって、あたしの娘みたいなものです」

「おじさん」

おそでは駆けだし、善助の胸に飛びこんだ。

「おう、よしよし、勘弁しておくれよ。長屋の連中はな、本心じゃおめえのことを心配しているんだ」

「うん、わたし、何ともおもっていない」

「そうか、良い娘だ」

善助はおそでの頭を撫で、懇願（こんがん）するような目を向けてくる。

「旦那、長屋の連中を許してやってくださいまし。あれが世間というものです。弱い連中が肩寄せあって、必死に生きているんです」

「わかったよ。おぬしに免じて許してやる。さ、おそで、行くぞ」

「旦那、ちょいとお待ちを。どこへお行きなさる」

「さあな、おぬしは知らぬほうがよい、だろ」

「は、はい」

善助は下を向き、三左衛門は悲しげに微笑んだ。

十

おそでは夕月楼で預かってもらった。

金兵衛には天狗屋の周辺も調べさせている。

動いているのは廻り髪結いの仙三だ。機転が利くので、半四郎にも重宝がられている。仙三ならば、耳寄りな情報を仕入れてくるにちがいない。

翌日、期待しながら夕月楼におもむいたところ、案の定、金兵衛が表沙汰にできないようなはなしを教えてくれた。

「天狗屋惣兵衛のやつ、濱屋仁兵衛とかいう廻船問屋と組んで、御禁制の品を売りさばいているようです」

「それは」

「人参ですよ。それも国産の人参らしい」

「国産人参の筆頭といえば、会津産か」

「ご名答」

保科松平家三代藩主の正容が朝鮮人参の栽培に成功して以来、高価な薬用人参は会津の藩財政を支える柱となった。最盛時で年間三万斤（約十八トン）、小売価格にして十万両を超える生産量を誇ったという。

「会津藩にもおそらく、悪党の片割れはひそんでおりますよ」

「そのこと、八尾さんには」

「お伝えしました。例の顔を潰された隠密のこともありますしね」

「すると、大目付が調べさせていたのは会津藩だったと」

「そう考えるのが順当でしょう」

ただし、会津藩は将軍家に血縁のある御家門、容易に潰すことができぬゆえ、探索は慎重を期さねばならなかった。

「いずれにせよ、人参の横流しを知られてはまずい連中が、隠密を抹殺したにちがいない。されど、証拠を押さえるのは難しそうだ。なにせ、厄介な連中がからんでいる。浅間さま、誰だとおもいます」

「さあ」

「町奉行所のお役人ですよ」

誰かは特定できないが、悪党どもが月に一度、深川辺の料理茶屋で宴席をもつところまで、仙三は調べてきたらしい。

予想以上に、根は深そうだ。

「下手に突っつけば、こっちがぺしゃんこにされる。さすがの八尾さまも頭を抱えておられましたよ」

隠密の雪乃に助っ人を頼むのも手だが、半四郎の男としての矜持が許すまい。それに、好いた相手をあたら危ない目にさらしたくはあるまい。

金兵衛はつづける。

「天童虎之介という若侍も会津藩の出身でしたよね。人参繋がりで、妙なことになっていなければよいが」

「妙なこととは」

「八尾さまも仰っていましたが、敵方は天童虎之介を隠密と疑っているやもしれません」

「莫迦な」

とは言ったものの、あながち突飛な推量ではない。

「ひょっとしたら、隠密かもしれませんよ。浅間さまにしたところで、ご本人とは出逢っておらぬのでしょう。二十歳にも満たぬ若侍とは申せ、かの御仁が隠密でないと言いきれますか」

「ふうむ」

たしかに、疑惑を打ち消すことは難しい。今にしておもえば、天童虎之介が縄を打たれたとき、吟味方与力が直々に吟味したことも無関係ではなかろう。運良く解きはなちになったが、つぎに捕まったときは何やかやと理由をでっちあげられ、土壇に送られる恐れもある。

「土壇に」

「ええ、八尾さまはそう仰いましたよ」

「困ったな」

「どうなされます」

「ともかく、本人を捜しださねばなるまい。思案はそれからだ」

「いったい、どこに消えちまったのか。手下どもに例の読売を手渡し、天狗屋の周辺を張りこませておりますがね、いまだ、すがたはみせず」

「張りこみをつづけてもらうしかあるまい」

「そりゃもう、とことんやりますがね」

「ところで、娘はどうしている」

「昨晩から昏々と眠っておりますよ。よっぽど疲れが溜まっていたのでしょう」

「可哀相にな」

「足抜け女郎の探索は厳しい。みつけられるまえに岡場所の連中とはなしをつけるか、路銀を持たせて上方にでも逃してやるか、道はふたつにひとつですな」

「はなしをつけるとして、いかほど必要かな」

「まず、売られた金の十倍は」

「十両なら百両か、ばかばかしい」

「岡場所の連中は面目を潰された。面目料というやつは、上限無しなんです」

払ってやるのも癪に障る。

「いっそ、斬りこむか」

「浅間さま、早まったらいけませんよ」

「ふん、戯れ言さ」

「岡場所の連中を根絶やしにしようったって、所詮は無理なはなしです。人に色欲があるかぎり、ああした手合いはなくなりません。どれだけ斬っても雨後の竹の子のように、にょきにょき生えてくるんです」

「わかっているさ。が、何とかせねばなるまい。おそでを苦界に戻すわけにはいかぬ」

　三左衛門は、意志の籠もった顔で吐きすてた。

十一

　夕河岸の喧噪（けんそう）を背にして照降町の長屋に戻ると、暖かい味噌汁（みそしる）が湯気をあげて待っていた。

「おまえさん、お帰り」

　おまつは目をきらきらさせながら、満面の笑みで迎えてくれる。

　こそばゆい気分だ。何やら、いつもと勝手がちがう。

「じつはね、ついさっき、おまえさんを訪ねてきたおひとがありましてね。どなただとおもいます。それが何と、あの読売に描かれた色男」

「天童虎之介か」

「そうそう、天童さま。読売よりも実物のほうが数段良い男でしたよ。おまえさんはたしか、小便を引っかけられた蟾蜍（ひきがえる）のような顔だと仰ったけど、何でそんな嘘を吐いたの。ひょっとして、やっかみかい。まさか、同じ土俵で勝負しようだなんて、勘違いしてんじゃなかろうね」

「何を莫迦な」

「幕下が大関と闘っても、勝てっこないんだからね」

かちんとくる。

若さや見た目では劣っても、剣の勝負には関わりない。

板の間の申し合いではなく、真剣勝負がやりたくなってきた。

しかし、考えてみれば、相手はこちらの風体すら知らぬ。文字どおり、独り相撲(ずもう)を取っているようなものだ。

「おまえさん、お知りあいなの。水臭いねえ。それならそうと、どうして教えてくれないのさ」

膨れ面をつくるおまつが、憎たらしくなってくる。

これを悋気(りんき)というのだろう。

「で、きゃつは何しに来たのだ」

「ひとこと、御礼を申しあげたかったと。おまえさんのことは、辰五郎長屋の大家さんに聞いたそうです」

「おそでという娘の消息を聞いておらなんだか」

「ええ、おまえさんのことだから、夕月楼にでも預けたんだろうって思いましたけど、余計なことは喋りませんでしたよ」

「ありがとうよ。で、あやつ、行き先は告げなかったか」

「教えていただけませんでした。でも何だか、おもいつめたご様子で」

「おもいつめた様子」

「わたし、天狗退治の仕上げに向かうのかいって、うっかり聞いちまったんですよ。そうしたら、あのお方、黙りこんじまってねえ。お若いだけに嘘が吐けないんだなあっておもいましたよ。でも、当たっているのかどうか」

　さすがはおまつ、鋭い読みだ。

　天童虎之介は勇みたち、天狗屋へ向かったのだ。

　後先のことを考えず、斬りこみを掛けにいったにちがいない。

「危ういな」

　三左衛門は雪駄をつっかけ、外に飛びだした。

「おまえさん、どこへお行きだい」

「ちょっと、そこまで」

「おみおつけはどうするの。おまえさんのお好きな千六本(せんろっぽん)だよ」

　足を止め、生唾をごくっと呑みこむ。

後ろ髪を引かれるおもいで歩みだすと、おまつが戸口で燧石を切った。

「天狗屋に行くんだろう。物騒なことはしちゃいけないよ」

「ふん、わかっておるさ」

三左衛門は大股で露地を通りぬけ、木戸の外へ飛びだした。

茜空を見上げれば、一群の黒雲が夕陽を覆いかくしている。

「凶兆か」

早足は、やがて、駆け足になった。

すれちがう人々の顔が、白波のように通りすぎていった。

十二

日没が近づき、冷たいものがぽつりぽつりと落ちてきた。

芳香に誘われて行きついたところは、枳殻の垣根に囲まれた麟祥院である。

枳殻の実は黄色く熟して鈴生りに生っているものの、食べることはできない。

麟祥院は春日局の菩提寺にほかならず、すぐそばにある湯島天神に詣でたついでに足を延ばす女人も多かった。

三左衛門のめざすさきは枳殻寺ではなく、道ひとつ挟んだ春木町にある天狗屋だった。

たいそう立派な店構えで、真正面には大きな天狗の面が飾られている。金を借りに訪れた者はまず、にゅっと鼻を突きだした天狗に威圧されるというわけだ。

天童虎之介も、天狗の面と睨めっこしたにちがいない。

今ごろはどこでどうしているのか、安否が気遣われた。

「ごめん」

意を決して、敷居をまたいだ。

がらんとした板間には売場格子が立てまわされ、狐顔の番頭が小狡そうな眼差しを向けてくる。

「何かご用ですか」

金になりそうな相手かどうかを物色し、横柄な態度でたたみかける。

「うちは質屋じゃありませんよ。鈍刀を預かって小金を貸す、そんなけちな商売はしていないんでね。貸せるのは十両からです。ただし、それ相応の質草を頂戴致します。質草を出せないようなら、帰っていただくしかありません」

「鎌倉河岸の棒手振り夫婦も、その口で騙したのか」

「何ですと」

「しがない棒手振りに十両は大金だ。ところが、おまえらはおためごかしのご託をならべ、正直者を騙して借金させた。法外な利息を付けた証文に、捺印を強要してな。どうせ、返せるあてなどあるまい。最初から娘をカタに取る気で仕組んだのさ。ふん、図星であろうが」

「藪から棒に何を仰る」

番頭は吐きすて、ぱんぱんと手を打った。

奥の暖簾が揺れ、強面の連中が躍りだしてくる。

「番頭さん、そいつかい」

三白眼の男には見覚えがあった。

待乳山で吠えていた始末屋だ。

勝吉といったか。

背後には、頰のこそげた浪人者が控えている。

新しい番犬だ。用心して懸からねばなるまい。

勝吉は口をひん曲げ、懐中に手を差しいれた。

「てめえ、天狗屋にいちゃもんでもつける気か」

「おぬしらに用はない。主人を出せ」

「この野郎、減らず口を叩いてんじゃねえぞ」

「主人は居るのか居ないのか。留守なら出直してこよう」

「おっと、そうはさせねえ。用件を言いな」

「雑魚(ざこ)に言ってもはじまらぬ」

「あんだと、この」

勝吉は顔を真っ赤にし、匕首を抜きはなつ。

番頭は這(は)うように逃げ、手下どもは土間に降りて出口をふさぐ。

痩せた用心棒だけがじっと動かず、部屋の隅で眸子を光らせていた。

三左衛門は大刀を鞘走らせる。

が、刀に光はない。

「おっと、竹光か。わかったぞ、てめえ、じく谷の番人の尻を串刺しにした浪人者だな。それなら、はなしはちがってくる。それっ、野郎ども、閉じこめろ」

「合点でえ」

ぴしゃっと、背後で板戸の閉まる音がした。

部屋は闇に沈み、鴨居(かもい)にさがった手燭(てしょく)の炎だけが揺れている。

「へへ、鼠が罠に嵌まったぜ」

勝吉は不敵に笑い、ぺろっと刃を舐めた。

「おめえさん、大目付の隠密かい。若僧の仲間なんだろう」

「若僧とは」

「天童虎之介だよ。おそでの件にかこつけて、天狗屋の旦那を嗅ぎまわっていやがった。目当ては人参なんだろう、わかってんだぜ。野郎ども、やっちまえ」

怒声に煽られ、左右から匕首が突きだされた。

三左衛門は独楽のように回転し、素早く三人を倒す。

いずれも首筋に竹光を打ちこみ、一撃で仕留めてみせた。

「くそっ」

歯軋りする勝吉を押しのけ、用心棒が進みでてくる。

「わしに任せておけ」

「黒木先生、お願えしやすよ」

黒木と呼ばれた用心棒は土間に降り、無造作に間合いを詰めてきた。

「へや……っ」

気合一声、白刃を抜きはなつ。

「おっ」

三左衛門の口から、声が漏れた。

抜き際の一刀で、竹光をふたつに断たれている。

黒木は居合を使う。それも、予想以上の遣い手だ。

しかし、三左衛門は動じない。

断たれた竹光を捨て、小太刀を抜いた。

「ほう、短いので闘うのか」

「こっちのほうが使い慣れておってな」

「強がりを言うな。もはや、勝負はついたも同然」

「どうかな」

「おぬしもあの若僧同様、生け捕りにしてくれるわ」

すでに、天童虎之介は捕まってしまったのだ。

よほど巧みな罠が張られていたにちがいない。そうでなければ虎之介ほどの者が、生け捕りにされるはずはなかった。

いずれにしろ、一刻も早く救わねばならぬ。

そうおもった途端、三左衛門の脳裏に策が浮かんだ。

「つお……っ」

刃風が唸った。

鼻先で一撃を躱し、三左衛門は前のめりに沈みこむ。

臑に斬りつけるや、黒木ははっとばかりに跳躍した。

「覚悟せい」

真っ向唐竹割りに斬りさげてくる。

三左衛門はすっと身を寄せ、小太刀の刃を頭上に翳す。

「うえっ」

黒木の顔に恐怖の色が浮かんだ。

このままでは手首を落とされると、察したのだ。

刃が触れた途端、三左衛門はすっと真横へ逃げた。

「ぎぇっ」

黒木の手首から血が噴きだす。

が、落とされたわけではない。

筋を断たれたのだ。

刀が土間に落ちた。

黒木は激痛に耐えかね、板戸を蹴破って外に転げだす。

「くわああ」

声をかぎりに叫びながら、どこかへ逃げていった。

勝吉も手下も番頭も、唖然とした顔で見送った。

三左衛門は血振りをし、小太刀を鞘に納める。

「さて、おぬしらの誤解を解いておこう」

「な、何でえ」

「隠密だの何だのと、はなしがようわからぬ。わしはしがない食いつめ者、天狗屋に来れば金になると聞いてきた。用心棒に雇ってもらいたい」

「へ、そうだったのかい」

勝吉は目をまるくする。存外に間抜けな男らしい。

「おめえさん、あの若僧とは何の関わりも」

「あるわけがない」

「それならどうして、辰五郎長屋の木戸番をしていたんだ」

「腹が減ってな、焼き芋を盗もうと忍びこんだところへ、娘がひとり飛びこんできた。なりゆきで救ってやったが、娘がどうなったかも知らぬ。ともかく、わしは腹が減って仕方ない。飯を食わしてもらえれば、何でもするぞ」

「殺しでもかい」

「ふん、殺しか、まあ考えておこう」

嘘を吐きたくはないが、背に腹はかえられぬ。

敵の懐中に飛びこまぬかぎり、天童虎之介を救う手だてはないのだ。

「よし、天狗屋の旦那に引きあわせてやろう。ちょうどいい、今宵、でけえ取引(ヤマ)

がある。おめえさんの腕が要るかもしれねえ」

「ありがたい」

「高輪(たかなわ)の七軒茶屋(しちけんぢゃや)のそばに、だるま屋っていう船宿がある。亥(い)ノ刻（午後十時）

までに来れば、小判が転がっているかもしれねえぜ」

「承知した」

「ほれよ、腹が空いてんだろう」

勝吉は土間に小銭を抛った。

三左衛門は小銭を拾い、破れた板戸を踏みこえる。

外は薄闇につつまれ、冷たい雨がしとしと降っていた。

十三

天童虎之介は、生きているのだろうか。
それをおもうと、胸がつかえたように苦しくなる。
縁があるのかないのか、すれちがいばかりで、いっこうに出逢うことができない。
このまま出逢わずに終わるのだろうかと、不安は夜の闇よりも深まってゆく。
三左衛門は頬被り(ほっかむ)で雨に濡れながら、暗い海沿いの街道をすすんだ。
松林がざわめき、白波が寄せてくる。
波は高く、漁り火(いさりび)が遠くに見え隠れしていた。
高輪の七軒茶屋は大木戸跡のそば、海寄りにある。
だるま屋なる船宿に着くと、さっそく、二階の座敷に案内された。
潮の香りが濃い。着物はびっしょり濡れている。
襖(ふすま)を開けると、悪銭で肥った金貸しがでんと待ちかまえていた。
「わたしが天狗屋惣兵衛だ。そちらは何と仰るのかな」
「浅間三左衛門と申す、よろしく」

惣兵衛は床の間を背に抱え、隣に勝吉が控えている。

三左衛門は小太刀を鞘ごと抜き、下座に胡坐を掻いた。

「ほほう、それが件の小太刀か。銘を教えてほしいな」

「越前康継という刀匠をご存じか」

「知らぬはずはない。刀剣を蒐集しておるのでな」

「ほう」

「初代康継は東照権現様お抱えの名工、作刀の茎には葵紋を鏨ることが許された。ゆえに、康継の手になる小太刀は葵下坂や御紋康継の異名でも呼ばれておる」

「まさしく、これにあるは葵下坂、刀剣好きなら垂涎の逸品」

「どれ、拝見させてはもらえまいか」

「どうぞ、御随意に」

小太刀を手渡すと、惣兵衛は無造作に抜いてみせた。

「ほほう、これはすばらしい。砂をまぶしたような銀鼠の地肌に艶やかな濤瀾刃、ん、棟区に彫刻があるな」

「毘沙門天に薬師如来に文珠菩薩、越前記内の彫った三体仏さ」

「ふうむ、見事だ」

惣兵衛は舐めるように刀身を眺め、切っ先に目を吸いつけた。

「ふふ、血曇りか。黒木の旦那をいとも簡単に負かしたと聞いたが。のう、勝吉」

「へい、手首の筋をちょんと。殺ろうとおもえば、殺れたにちげえねえ」

「ほっ、そうかい。土壇場で、ほとけごころを出したってわけか。そいつが邪魔だな」

惣兵衛は刀身を鞘に仕舞い、礼も言わずに返してきた。

「腕っこきの用心棒なら、咽喉から手が出るほど欲しいんだ。浪人者は江戸に溢れておるが、剣の遣えるおひとは滅多にいねえ。あんたがそれ相応のはたらきをしてくれれば、いくらでも報酬は払おう。ただし、容易に信用するわけにはいかねえ」

肥えた猪豚の口調が変わった。

三左衛門は燻る怒りを抑え、静かに糺す。

「どうしたら、信用してもらえるのかな」

「ひとつ、踏み絵を踏んでもらいましょ」

「今宵、ひとをひとり斬ってもらう。何のためらいもなしに、そいつを斬ることができたら、あんたを雇ってもいい」

勝吉が隣で「くく」と笑う。

「承知した」

三左衛門は顔色も変えず、うなずいてみせた。

十四

亥ノ四つ半(午後十一時)、雨は上がった。

正面には暗澹とした海がひろがっている。

七軒茶屋から街道を取ってかえし、新堀川の河口近くまでやってきた。そこで東海道を海寄りに逸れ、毘沙門天を奉じる正伝寺の門前を通って、砂浜に足を踏みいれたのだ。

東をみれば、海に突きだした出城のような武家屋敷が聳えている。

主人は第八代の松平肥後守容敬、まだ十九歳の会津藩主だ。が、殿様は上屋敷にて起居し、妻子もこの下屋敷にはいなかった。

陸地とのあいだには水路が流れ、橋を渡らねば正門にはたどりつけない。

水路は両端で海と繋がっており、荷船がすれちがうこともできる幅だった。

さらに、屋敷の南端には桟橋が設えられ、穀物などを蓄える蔵屋敷が併設されていた。いくつかある下屋敷のひとつで、藩主の血縁もここには住んでおらず、屋敷に籠もった藩士たちはどことなく幽閉されているような感じだ。

屋敷の周囲は深閑として、番士の影もみえない。

浜辺に目を転じれば、荷役夫たちが暇そうに佇んでいる。

荷役を仕切る髭面の親方は鞭を手にし、かたわらにはずんぐりした初老の商人が立っていた。さらに、頭巾をかぶった偉そうな侍がおり、腕の立ちそうな供人が三人ほど控えている。

御用人参の横流しに関わる悪党どもだ。

商人は濱屋なる廻船問屋にちがいない。

頭巾をかぶった侍は、会津藩の重臣であろうか。

天狗屋惣兵衛は腰を屈め、そうした連中に挨拶してまわった。

雁首を揃えた悪党どものことを、三左衛門はじっくり観察した。

近いうちに対峙せねばならぬかもしれぬ。そのときのために、風体を記憶に焼きつけようとおもったが、なにせ、夜の浜辺は暗すぎる。悪党どもの輪郭は、はっきりしない。

やがて、沖のほうから荷舟が近づいてきた。

三艘だ。

闇に紛れ、桟橋に舳先を差しいれてくる。

「それ、行け」

親方が鞭を振り、荷役夫たちが浜辺を走った。

荷船が横付けにされると、荷降ろしがはじまった。

「急げ、急げ」

荷は莚で包んだ木箱だった。万病に効く仙薬として知られる人参が詰まっているのだろう。

勝吉が顔を寄せ、囁いてきた。

「お上に献上される御用人参はな、会津街道から日光街道へと陸路で運ばれ、千代田のお城に納められる。ところが、ああして、ときたま船で運ばれてくるのさ。ほら、沖合いに船灯りがみえるだろう。あれはな、酒樽を運ぶ樽廻船だよ」

たしかに、船灯りがみえた。三艘の荷船は樽廻船から放たれたのだ。

「西廻り航路でやってきたのさ」

樽廻船は日本海を南下し、上方経由で太平洋を北上してきた。

会津には阿賀川を経由して新潟湊にいたる舟運がある。その起点となるのは、会津若松から西へ十三里余りの津川だ。津川からは、廻米を筆頭に苧麻や漆器といった会津の特産品が大量に移送された。

ただし、高価な人参は移送品目にふくめてはいけないとされていた。右は幕府の厳重な通達にほかならず、西廻り航路で運ばれてくる人参は御禁制の品以外のなにものでもなかった。

それにしても、会津藩の蔵屋敷が堂々と使われている事実には驚かされる。藩ぐるみでないとすれば、よほど身分の高い重臣が悪事に加担しているにちがいなかった。不正の事実が幕府に知れたら、藩の存亡にも関わってくるのではないかと、三左衛門はおもった。

荷運びが済むと、荷役夫たちはどこかに消えた。

供人ひとりを残し、頭巾の侍や廻船問屋も去った。

砂浜には天狗屋惣兵衛と勝吉、それから、いつのまに集まってきたのか、始末屋のごろつきどもの影もある。

ひとり残った供人は、月代をひろく剃った目つきの鋭い男だ。

年は四十前後、長身痩軀のからだは鍛えぬかれた印象で、ただならぬ雰囲気をただよわせている。

惣兵衛が月代侍に声を掛けた。

「熊澤さま、そろそろ」

「よし、やれ」

どこかで聞いたことのある姓だが、おもいだせない。

熊澤なる供人に顎をしゃくられ、勝吉が吐きすてた。

「野郎ども、鼠を連れてこい」

「へい」

手下どもが走りさった。

十五

砂浜に足跡が点々とするさきに、廃屋と化した漁師小屋があった。

しばらくすると小屋の内から、後ろ手に縛られた侍が引かれてきた。

三左衛門は固唾を呑む。

引かれてきた侍は月代も無精髭も伸び、別人のように窶れているものの、天童虎之介にまちがいなかった。

「莚を敷いて座らせろ」

勝吉の指示にしたがい、手下は後ろから虎之介の膝を折った。

したたかに撲られたようで、両目の瞼は腫れ、唇もとは黒ずんでいる。

「ふへへ、色男がだいなしじゃねえか、なあ」

勝吉がそばに寄り、足でこづいてみせた。

「縄を解け」

熊澤の意外な台詞に、惣兵衛が振りむく。

「よろしいので」

「逃げる気力もあるまい。逃げようとしたら、わしが斬る」

「それもそうだ。会津随一の剣客、熊澤典膳さまがおいでになれば、恐えもんはねえや」

虎之介は縛めを解かれた途端、前のめりになり、砂に顔を埋めた。

まずい。見掛け以上に弱っている。

「脱藩者めが。そやつに穴を掘らせろ」

と、熊澤が命じた。

「なあるほど、墓穴を掘らせようってわけか、こいつは洒落(しゃれ)が利いてらあ」

勝吉は嬉しがり、虎之介の尻を蹴る。

「ほら、ぐずぐずしてんじゃねえ。早く穴を掘るんだよ」

命じられるがままに、虎之介は素手で穴を掘る。

もはや、抗(あらが)う余力すら残っていないようだ。

手下たちも手伝い、浅い穴ができあがった。

虎之介は汗みずくになり、咽喉を鞴(ふいご)のようにぜいぜいさせている。

「み、水……水をくれ」

「ほらよ」

勝吉が竹筒を手渡してやった。

虎之介は貪(むさぼ)るように筒をかたむけ、ふくんだものを吐きだした。

「ぬへへ、海水だよ。呑んでみろ、咽喉が焼けるぜ」

なぶり者にされている。みていられない。

目を伏せると、惣兵衛の声が掛かった。

「遊びは仕舞(しめ)えだ。おい、葵下坂の出番だぜ」

一斉に視線が集まった。

熊澤は柄に手を掛け、双眸（そうぼう）を炯々（けいけい）とさせている。

五体に殺気を漲（みなぎ）らせ、いつなりとでも抜く構えだ。

三左衛門はゆったり歩み、手下のひとりに近づいた。

やにわに、腰の鞘から段平（だんぴら）の本身を引きぬく。

「げっ、何さらす」

「貸してくれぬか。そいつの首を落とすにゃ、小太刀では短すぎてな」

蒼白く光る段平を車（しゃ）に落とし、即席の土壇へ身を寄せる。

手下どもは後ずさりし、虎之介ひとりが穴の縁に残された。

惣兵衛が口走る。

「さあ、ばっさり殺ってくれ。そいつを殺ったら、十両くれてやる」

段平の先端が、ぴくっと動いた。

「十両か、安くみられたもんだ」

「何だって、もういちど言ってみろ」

「ああ、何度でも言ってやる。前途ある若侍の命が十両とはな、情けのうて屁も出ぬわ」

三左衛門は段平を片手上段に構え、ぶんと振りおろした。

白刃は虜囚の鬢をかすめ、ざくっと砂に突きささる。

「そいつを拾うがいい。振りかかる火の粉は自分で払え」

虎之介の眸子が、きらっと光った。

「おい、何をやってやがる」

惣兵衛が声をひっくりかえす。

「この野郎、裏切りやがったな」

勝吉は匕首を抜き、低い姿勢で突きかかってきた。

刹那、一尺四寸の小太刀が閃いた。

「ぬぎゃっ」

抜き際の一刀は、勝吉の右腕を肩口から斬り落としている。

斬り口から噴いた血飛沫の量が、惣兵衛の度胆を抜いた。

「うひぇっ」

船宿で対面したときの貫禄は消しとんでいる。

天狗屋惣兵衛はうろたえ、隣に立つ熊澤の腰に縋った。

「邪魔だ、どけい」

熊澤が腕を振りほどこうとしても、惣兵衛はしがみついて離れない。

「どかぬと、刺すぞ」

それでも、肥えた金貸しは離れようとしない。

熊澤は三尺近い刀を抜くや、一抹の躊躇もなく、惣兵衛の胸に突きさした。

「ひぇぇぇぇ」

断末魔の叫びが闇を裂く。

血の滴った刃が背中に抜け、ずずっと引きぬかれた。

「ふん、莫迦めが」

熊澤典膳は屍骸をまたぎこえ、三左衛門を睨みつける。

「ぬしゃ何者だ」

「ただの浪人さ」

「食いつめ者なら、金が欲しかろう」

「魂を売ってまで、欲しくはないがね」

「ならば、死ぬがよい」

熊澤は八相に構え、間合いを詰めてくる。

砂地なので、足場はわるい。

始末屋どもは遠巻きにし、斬りかかってはこない。

瀕死(ひんし)の勝吉に、みずからのすがたを映しているのだ。

一方、虎之介は段平を支えに、何とか立ちあがった。

頬に赤味が射し、生への渇望(かつぼう)が甦(よみがえ)ってきたかのようだ。

三左衛門は、後ろもみずに聞いた。

「おい、桟橋まで走れるか」

「は、はい」

「わしが合図したら、死ぬ気で走れ」

「承知しました」

三左衛門は熊澤に対峙する。

「さればひとつ、お手合わせ願おう」

「野良犬め、恰好つけるな。わしは溝口派一刀流の免許皆伝(めんきよかいでん)、そこに控える天童虎之介もふくめ、天童家の三虎をもってしても敵(かな)わぬ相手ぞ」

おもいだした。

御前試合で汚い手を使い、天童家の次男を破った男だ。

虎之介にとって恨みの深い人物が人参の横流しにからんでいるとは、これも宿命であろうか。

「たとい、おまえさんが会津随一の剣客であろうと、わしは恐ろしくも何ともない。井の中の蛙が何をほざこうとも、関わりのないことさ」

「その落ちつきよう、少しは剣におぼえがあるようだな。流派は小太刀の富田流か」

「いかにも。ひとたび風神と化せば、一尺四寸は三尺にも勝る」

「小癪な、まいるぞ」

熊澤は砂に爪先を埋め、大上段から斬りかかってきた。

「けそ……っ」

三左衛門が受けにまわると、左に開いて胴を抜こうとする。

「うっ」

脇腹を浅く斬られた。

が、致命傷ではない。

やはり、砂地で踏んばりが利かぬようだ。

熊澤はすれちがいざま、背中を袈裟懸けに斬りつけてきた。

三左衛門はこれを躱して砂上に転がり、咄嗟に砂をつかむ。

「とどめ」

突きがきた。

熊澤の眸子めがけ、砂を投げつける。

「のわっ」

「今だ、逃げろ」

三左衛門は跳ねおき、虎之介の腕を取って走りだす。

「待てい、卑怯者め」

熊澤は目を瞑ったまま、口惜しげに叫んだ。

「追え、追わぬか」

命じられても、始末屋の連中は動かない。

雇い主を殺され、途方に暮れているのだ。

蔵屋敷のほうに、ぼっと松明が点った。

藩士数名が寄せてくる。

「桟橋だ、逃がすな」

熊澤が怒鳴りあげた。

三左衛門と虎之介は桟橋を駆けぬけ、無人の荷船に飛びのった。

艫綱(ともづな)を断ち、桟橋の縁を棹(さお)で押す。

船はゆっくりと、海面を滑りだした。

追っ手の声が、次第に遠ざかってゆく。

行く手には、樽廻船の影が小山のように浮かんでいた。

「あの……もしや、浅間さまでしょうか」

虎之介に聞かれ、三左衛門はうなずいた。

「やはり、そうでしたか。藪本源右衛門から聞いております」

「怪我の具合はどうだ」

「ええ、何とか……助けていただいたおかげで、元気が湧いてきました」

「無理はせぬことだ」

「はい、浅間さま」

「何だ」

「なにゆえ、一度ならず二度までも、わたしをお救いくだされたのですか」

「知りたいか」

「はい」

「おそでのためさ、きまっておろう」

三左衛門は照れ隠しなのか、怒ったように吐きすてる。

「おそで……」

虎之介は、つぶやいた。

荷船は波間に揺られ、沖へ沖へと逃れてゆく。

ここからさきはどう転ぶか、予測もつかない。

尋常ならざる悪党どもを相手取り、真正面から喧嘩を売ってしまったのだ。

「詮方あるまい。乗りかかった舟だ」

笑いかけても、返答はない。

虎之介は眠りに落ちていた。

## 十六

海岸に沿って船を漕(こ)ぎ、鉄砲洲(てっぽうず)から陸(おか)にあがったあとは、迷うことなく、柳橋の夕月楼に向かった。

何とか無事に夕月楼へたどりつくと、虎之介は翌日の夕刻まで泥のように眠り、起きてすぐに丼飯(どんぶりめし)を三杯たいらげた。

さすがに、若いだけある。

気持ちの良い食べっぷりに、三左衛門も金兵衛も嬉しくなった。

肋骨（あばら）の何本かに罅（ひび）がはいっているようだが、ほかに外傷はない。死の淵（ふち）から生還したわりには憔悴（しょうすい）した様子もなく、むしろ、あっけらかんとしているところが頼もしかった。

おそでは一日じゅう枕許に座り、虎之介の容態を案じていた。

そして、いよいよ再会を果たすと、嬉し涙を浮かべてみせた。

だが、虎之介のほうは手放しで喜べなかった。

なにせ、おそでの双親はこの世にいない。天狗屋から逆恨みされ、亡き者にされたようなものだ。無理におそでを取りもどさなければ、死なせずに済んだかもしれない。亡くなったのは自分のせいだと、虎之介はおもいこんでいた。

一方、おそではそんなことを微塵（みじん）も考えていなかった。

心底から頼りにできる相手は、もはや、虎之介以外にいないのだ。

焦れったいほど、おたがいを気遣いあうふたりであったが、色恋の情はなく、傍（はた）から眺めていても仲の良い兄妹にしかみえなかった。

夜になり、黒羽織の肩を濡らした半四郎が訪ねてきた。

「ふう、また降ってきやがった、今夜は格別に冷えるぜ。金兵衛、熱燗（あつかん）をくれ」

「お支度してございますよ」

「気が利くじゃねえか」

座敷には三左衛門と、虎之介も控えている。

半四郎は熱燗を呑み、ほっとひと息ついた。

「おめえ、読売に載った色男か。ひでえ顔だな。ずいぶん、こっぴどく痛めつけられたじゃねえか」

「八尾さん」

三左衛門が横から口を挟む。

「金貸しの惣兵衛は、あの世へ逝(い)っちまいましたよ」

「そいつはめでてえ。祝杯をあげなくちゃならねえな」

「始末屋の勝吉も、生きてはおりますまい。やりたくはなかったが、腕を斬り落としました」

「そいつはまた、浅間さんらしくもない。でも、始末屋の最期にゃふさわしいのかもしれねえな。塵(ちり)には塵の死にざまってもんがある。惣兵衛と勝吉に引導を渡したとなりゃ、あとは女郎屋のほうを何とかすりゃいいってことか。よし、そっちは任せといてくれ」

「いいんですか」

「知らねえ相手じゃねえ。叩けばいくらでも埃の出る野郎だ。金輪際(こんりんざい)、おそでにゃ指一本触れさせはせん。ただし、人参の一件に関しちゃ深入りする理由もねえでしょう。おっと、その顔から推すと、手仕舞(てじま)いにする気はねえらしいな」

「仰るとおり」

三左衛門は芝浜(しばはま)での出来事をかいつまんで説いた。

半四郎は黙って聞きおえ、虎之介に向きなおる。

「ひとつ、確かめておきてえことがある」

「何ですか」

「おめえ、大目付の密偵じゃあるめえな」

「まさか、一介の浪人です」

「なら、御用人参の横流しも、たまさか知ったのか」

「はい。わたしはおそでを救いだし、阿漕な金貸しとその手下どもを懲らしめてやろうとおもったまで」

「ところが、ひょんなことから、悪事を知っちまった。しかも、かつて禄を食んでいた藩の命運を左右するほどの大罪だ。と、そういうわけかい」

「まさか、高利貸しと会津藩が繋がっていようとは……それだけではない、憎き熊澤典膳が悪事に絡んでいようとは、夢想だにしませんでした」

「熊澤典膳というのは」

「汚い手を使い、御前試合で次兄を破った男です。出自は不明、少なくとも会津の人間ではありません。野心に富み、鬼神のごとく腕が立つ。それゆえ、国家老のひとりに重く用いられておりました」

次兄の虎二郎は御前試合の前日、熊澤の息が掛かった者たちに不意打ちを食らい、利き腕に深手を負わされた。だが、怪我を隠して試合にのぞみ、完膚無きまでに叩きのめされたのである。

そのことを知った虎之介は激昂し、申し合いの翌日、熊澤邸に乗りこみ、それが原因で藩を逐われた。一方、熊澤は御前試合を契機に出世を果たし、藩の隠密御用を取りしきる密事頭取に抜擢されていた。

「なるほど、恨み骨髄の相手というわけか」

「熊澤は、わたしを疑っている様子でした。藩を逐われたのち、密偵になったのではないか。あるいは、密偵になるべく、領外追放の沙汰を受けたのではないかと、そんなふうに勘ぐっておりました」

身におぼえのないの一点張りで通したところ、熊澤は追及をあきらめた。

あっさり斬られかけたとき、天狗屋惣兵衛から「うちの用心棒に殺らせてほしい」と、待ったが掛かった。

「そこで、浅間さんの登場とあいなった。皮肉なもんだな、おめえは金貸しの気まぐれに救われたってわけだ」

「そのとおりです」

「頭巾をかぶった偉そうな野郎がいたらしいが、そいつの正体は」

「わかりません。でも、商人のほうなら見覚えが」

「ほう、誰だ」

「廻船問屋の濱屋仁兵衛、会津藩の御用達（ごようたし）です」

「御用達ってことは、重臣と繋がっているとみてまちがいねえな」

「おそらくは」

「こいつは容易なはなしじゃねえぞ。どこまで悪事の根が伸びているのか、見当もつかねえ。へへ、やめるなら今のうちだぜ」

「そうはいきません」

「実家の兄貴は、会津藩の人参方だそうじゃねえか」

「はい」

「それなら、悪党の尻尾をつかんでいるかもしれねえな」

「連絡を取ってみるつもりです」

「ああ、そうするがいい。だがな、この一件は江戸で燻ってても解決しねえ。早晩、会津に行かなきゃならねえってことさ。おめえは藩を逐われた身、領内に一歩踏みこんだだけでも罪に問われる。それでも、やるのかい」

「もとより、覚悟はできております」

「まんがいち、この一件を解決できれば、藩に戻れるかもしれねえな」

「その気はありません」

虎之介は、きっぱり言いきった。

「わからねえな」

半四郎は首をかしげる。

「世の中には仕官したくてもできねえ連中が溢れているってのに」

「覆水盆に返らず。わたしは自分で下した決断を覆したくないんです」

「ふん、一刻者め」

「それに何だか、浪人暮らしが性に合っているようで。正直なはなし、窮屈な侍奉公はこりごりなんですよ」

　虎之介は心の底から嬉しそうに、にっこり笑う。

「おもしれえ若僧だな、おめえは」

　半四郎は自分の盃を押しつけ、酒をなみなみと注いでやった。

「少しくれえは、呑んでも平気だろう。かえって、怪我の治りも早くなるってもんだ。それともあれか、下戸(げこ)か」

「いいえ、笊(ざる)です」

　虎之介は、すっと盃をかたむけた。

「はい、このとおり」

「へへ、頼もしいじゃねえか。でもな、おめえはいちど死にかけた身だ。浅間さんがいなけりゃ、今頃はこの世に居ねえ。相手は、言ってみりゃ巨悪だ。おめえのやろうとしていることは、無謀なことかもしれねえんだぜ」

「承知しております」

「なぜやる、会津藩のためか」

「いいえ、わたしはただ、私利私欲を貪(むさぼ)る悪党が許せぬのです」

「ふん、青臭え野郎だぜ。ねえ、浅間さん」

「まったくだ」

臆面もなく正義を振りかざす若者のすがたが、清々しく感じられた。

「久方ぶりに、美味え酒を呑んだぜ。どははは」

半四郎は豪快に笑う。

三左衛門と金兵衛も、腹の底から笑った。

# 会津魂

一

峠を越えた路傍の日だまりに、寒菫が咲いていた。
淡い紫の花を一輪手折り、虎之介は夫婦和合の道祖神に手向ける。
遠く東の空を仰げば、磐梯山の蒼い稜線をのぞむことができた。
飢饉の際、山全体に実った笹の実が多くの人命を救ったという。
「宝の山です」
虎之介は深編笠をかたむけ、にっこり微笑んだ。
この笑顔に惹かれ、陸奥までついてきたのかもしれない。
日本橋からおよそ三十里（約百二十キロ）、錦繡に彩られた日光街道と会津街

道を五泊六日で踏破してきた。このさきにある関山宿から会津若松の城下まで
は三里(約十二キロ)、虎之介の横顔は心なしか強張っている。
当然であろう。ゆえあって領外へ追放された身、捕まれば重罰は免れない。
潔く死ぬ覚悟はできているにしても、気楽な遊山旅であるはずはなかった。
「二度と戻ることはないと思っておりました」
故郷の土を踏むことに、戸惑いを感じているのだ。
三左衛門にも、虎之介の気持ちは痛いほどわかる。
折に触れて、故郷の上州富岡の山河を思いうかべた。
戻れぬとわかっているからこそ、抑えがたい郷愁を感じるのだ。
同じ旅枕にあって、三左衛門はおのれの事情を語ってはいない。
だが、虎之介は心の奥で共鳴する何かを見出してくれたようだった。
ずいぶん年の離れた友を得たような心境だ。
剣の腕も立つ。運が良ければ、いずれ腕試しをする機会にも恵まれよう。
真剣の勝負ではないが、虎之介と立ちあってみたい疼きが消えたわけではなか
った。
ただ、今は郷愁に浸るときではない。

幕府に献上される御用人参の横流しは、御三家につぐ格式を有する会津藩の立場を根本から揺るがしかねない大罪であった。しかも、黒幕は藩の重臣かもしれないのだ。

それがいったい誰なのか。

会津に来ればわかるかもしれない、という期待を胸に抱いている。

悪事は巧妙に隠蔽（いんぺい）され、容易なことで証拠をあげることはできまい。たとい、罪状があきらかになったとしても、表沙汰（おもてざた）にはできないことだ。黒幕が重臣だとしたら、御家門の会津藩に傷がつく。

実家の天童家を守るためにも、隠密裡（おんみつり）に事をおさめねばならない。

どのような困難が待ちうけていようとも、悪事の一端を知った以上、放っておくわけにはいかなかった。今のところ策はないが、虎之介は悪の根を断たんとすべく、一命を擲（なげう）つ覚悟を決めている。

一方、三左衛門は会津と何の関わりもない。

あくまでも助っ人である。

気づいてみれば、容易ならざる事態に巻きこまれてしまっていた。

紅葉を愛（め）でながらの遊山旅は、死と隣りあわせの危うい旅でもある。

おまつや娘たちのことが気懸かりでないといえば嘘になる。

空を見上げれば、友人たちの顔も浮かんできた。

定町廻りの八尾半四郎と夕月楼の亭主金兵衛は、裏でさまざまに動いてくれていることだろう。

半四郎の伯父で頑固者の半兵衛にも、会津行きのことは告げてきた。半兵衛はたいせつにしている老松の盆栽を剪定しながら、無事に戻ったら酒でも呑みにこいと笑った。ともに暮らす奥ゆかしいおつやは、半兵衛に言われたのだろう、わざわざ浅草寺にある因果地蔵の旅守を求めてきてくれた。

照降長屋に暮らす気の良い面々も、道中の無事を祈りつつ送りだしてくれたのだ。

ひょっとしたら、二度とみなに逢えなくなるかもしれない。

そんな不安も過った。

が、身を切るような冷たい風も、三左衛門には心地良い。

若い時分のように、血潮が滾ってくるのを感じていた。

後顧の憂いはない。

おまつは詳しい問いかけもせず、快く送りだしてくれた。

困ったひとがあるなら助けてあげるのは人の道、ここで見て見ぬふりをしてしまえば、一生悔いが残るでしょう。

勇気の糧となる餞別のことばを胸に、遥々と陸奥までやってきた。

「旅はいい」

峠を吹きぬける風が、寒菫の花弁を震わせている。

三左衛門は虎之介と肩を並べ、軽快に歩みだした。

二

関山宿の棒鼻を抜け、定められた『やまと屋』なる旅籠に草鞋を脱いだ。

陽が落ちてしばらく経つと、ふたりの人物が訪ねてきた。

ひとりは藪本源右衛門、そしてもうひとり、編笠を目深にかぶった侍は天童家の当主虎太郎である。

年は虎之介と十二も離れている。顔つきは似ており、体格も大柄だが、血走った眸子に輝きは乏しく、窶れた表情からは城勤めの苦労が偲ばれた。

虎太郎は上座に腰を落ちつけ、源右衛門がかたわらに座った。

この旅籠に定めたのは、橋渡し役を買ってでた源右衛門であった。

ひと足さきに会津へ戻り、長兄に江戸での経緯を伝えていたのだ。

「兄上、お久しゅうございます」

「ふむ、二年ぶりか、よう戻った。凛々しゅうなったな」

「母上は、ご健勝であられましょうや」

「あいかわらず、寝たり起きたりの日々じゃが、案ずるな、季節の変わり目なれば致し方あるまい」

「はあ」

虎之介は顔を曇らせる。

母親が自分の身を案じ、肘や膝の節々が痛む病を悪化させているのは知っていた。

虎太郎は、さらりと話題を変える。

「そちらが、浅間三左衛門どのか」

「はい。命の恩人にござります」

「かたじけない」

虎太郎は襟を正し、深々と頭をさげた。

「藪本の叔父から聞いております。このとおり、感謝のしようもござりませぬ」

「どうか、お手をおあげください。これも何かの縁、みずから好んで虎之介どのについてきたのですから、お気遣いは無用です」

「たいせつな方々を江戸に残してこられたとか」

「はあ、まあ」

「されば、ご無理はさせられませぬ。こうして会津までご同伴いただいただけでも充分にござります。市中見物でもなさって、江戸へお戻りください」

「そうはまいらぬ。これでも侍の端くれ、物事を中途で投げだすのは性に合いません。そんなことより、さっそく本題にはいりましょう」

にっこり笑いかけると、虎太郎も相好をくずした。

最初から、三左衛門が江戸に戻るとはおもっていない。

「じつは、かねてより噂はござりました。お上に献上するはずの御用人参を盗んでいる不届き者どもがおるようだと。なれど、同僚も上役の方々も噂にすぎぬと一笑に付しておられた。秘かに調べたところ、この一件に人参奉行が関わっている疑いが浮かんでまいりました」

なるほど、差配役の人参奉行が悪事に手を染めているとしたら、疑惑を追及する者がいなくなる。

虎太郎の説明によれば、薬用人参の栽培は城下の御薬園にて取りおこなわれてきた。ところが、江戸表での需要が増すにつれ、近郊の農地にも作付け場所を広めざるを得なくなったという。

「農家から収穫された人参は、御薬園の人参蔵へ納められます。蔵の出納は厳重に管理されており、われわれ人参方の目がつねに光っている。大量の人参を盗むとすれば、収穫の時点しか考えられません」

「すると、人参農家も関わっていると」

「おそらくは」

地中の滋養をことごとく吸いあげてしまう人参は「土枯らし」の異名もあるほどで、いちど作付けされた土地に種子を植えても育たない。したがって、農地は転々と移さねばならず、検見によって正確な収穫量を算定できないのが現状だった。

ごまかそうとおもえば、できなくはない。ただし、多くの役人が加担してはじめて可能となる。これだけ大掛かりな悪事を人参奉行ひとりの裁量でおこなえるかどうかは、はなはだ疑わしいところだ。

「人参奉行の背後に黒幕がいると申されるのか」

「そう考えざるを得ませんな」

「心当たりは」

「なくはない」

「誰です」

「国家老、萩原調所」

と聞き、虎之介の眸子が光った。

もしかしたら、芝浜で熊澤典膳をしたがえていた頭巾の人物であろうか。

「いいえ、国許を離れたというはなしは聞いておりませぬ。頭巾の人物は萩原調所ではござりますまい。ならば誰かということになりますが、残念ながら思いあたる人物はおらぬのです。いずれにしろ、国家老の息が掛かった人物であることにまちがいはござらぬ」

「萩原調所とは、どのような人物なのですか」

「算盤勘定に長けた出世頭にござる」

萩原家は家格では中の上、家老に登用される家柄ではなかったが、調所は勘定方からとんとん拍子の出世を遂げた。四人いる国家老のなかではもっとも若く、飛ぶ鳥を落とす勢いとも評されている。ただし、出世の背景には金銭絡みの黒い噂が絶えず、性質も陰湿で猜疑心が強い。

「廻船問屋の濱屋仁兵衛は、萩原調所が若い時分から目を掛け、惜しみなく大金を注ぎこんできた間柄、このことは市中で知らぬ者とてありませぬ。それだけではない、当家と因縁のある熊澤典膳は、かつて、萩原家の食客でした」

「なるほど、繋がってくるな」

「じつは、今は亡き父の代から、調所とは因縁がございます」

因縁の中味は語らず、虎太郎は眸子に口惜しさを滲ませた。

いずれにしろ、黒幕は雲の上に鎮座する実力者、あまりに強大すぎる。

「拙者ひとりの非力では、どうにもなりませぬ」

「兄上」

虎之介が膝をすすめた。

「それゆえ、わたしが戻ったのです。浪々の身なれば動きは意のまま、敵に気取られる恐れもございませぬ。浅間さまともども、存分に隠密働きをしてみせましょう」

「領内の地理に明るいおぬしなら、無駄な動きもせずに済むであろうな」

「まずは、人参農家を当たってみたいのですが」

「ふむ、それなら、鍵を握る名主の名を教えよう」

「お願い致します」

誰と誰が悪事に加担しているのか。これを見定めたのち、盗まれた人参がどのようにして運びだされるのか、その方法と経路を探りださねばなるまい。

「移送先は阿賀舟運の起点となる津川であろう。気を付けよ、探索の目を欺く何らかの方法で、移送は周到におこなわれているはず。下手に突っつけば藪蛇になる」

「かしこまりました」

「わしは裏帳簿を入手したいとおもっている。人参奉行のもとに、人参大福帳なるものがあるらしい」

横流しされた人参の数量と日付が数年前まで遡り、克明に記されている裏帳簿であった。

「兄上、人参大福帳を入手できれば、動かぬ証拠となりますね」

「移送に関わる者のもとにも、同様の裏帳簿があるはずだ。何とか二冊とも手に入れ、突きあわせてみねばならぬ。記された値が合致すれば、有力な証拠となろう」

虎太郎に道筋を示され、いやが上にもやる気が湧いてくる。

「さて、わしとの連絡だが、藪本の叔父に頼むのも申し訳ない。まんがいちのときは、湯川の勝常寺を訪ねよ」

「勝常寺ですか」

「さよう、宿坊に心強い味方がおる」

「強い味方、それは」

「虎二郎さ。出家をし、勝常寺に腰を落ちつけおったわ。月心と名を変えておる。あらましは告げてあるゆえ、快く迎えてくれよう」

「心得ました」

「わしはあくまでも、天童家の家名を守らねばならぬ身、それゆえ、はからずもおぬしを呼びよせることとなったが、虎之介、これも運命とあきらめよ。母上はな、おぬしが戻っておることを知らぬ」

「心得ております。わたしはけっして捕まりませぬ。捕まるようなら、顔を潰して自害する所存、ご安心なされませ」

「二十歳にも満たぬおぬしが、そこまでの覚悟を……すまぬ」

虎太郎は眸子を真っ赤にし、末弟をみつめた。

源右衛門はかたわらで、しきりに洟を啜っている。
三左衛門はおもわず、貰い泣きしてしまうところだった。

三

五層の天守が夕陽を浴び、赤銅に輝いている。
丘陵に築かれた会津城は、その流麗な容姿から「鶴ヶ城」と呼ばれていた。
城の南側を東西に突っきる湯川が、天然の要害となっている。
江戸からの旅人は満々と水を湛える川面をまえに、鶴ヶ城を仰ぎみる。
城下は碁盤の目のように区切られ、武家地と町屋が整然と分かれていた。
西の大町通りに沿って、酒や漆器をあつかう大店の軒が立ちならぶ。
一方、天神橋を渡った城の東には、御薬園があった。
園の敷地は高い塀で囲われ、人の出入りは厳しく調べられる。
ただし、飯盛村の名主だけは調べなく出入りできる特権を与えられていた。
「ほら、あれが飯盛山です」
天神橋のうえで立ちどまり、虎之介は城の北東を指さした。
「山の中腹に観音さまを祀ったさざえ堂がありましてね、そこが幼いころの遊び場でした」

飯盛村は山裾に張りついた村で、人参は山の斜面を利用した段々畑で栽培されているという。

「兄によれば、名主は長兵衛というそうです」

長兵衛が悪事の一端を担っている公算は大きい。

「この際、正面から当たってみようかと」

それしかあるまい。

「敵に気取られたら厄介だな。いっそ、かどわかすか」

「じつは、そのつもりでした」

虎之介は不敵に笑い、編笠を深くかぶる。

ふたりは天神橋を渡り、城下の北東に向かった。

山麓の名主屋敷へ着いたころには、すでに、陽も暮れかかっていた。

「わしがまいろう」

三左衛門は虎之介を門の外に待たせ、長兵衛の所在を確かめに伺った。

家人によれば、長兵衛は寄合で留守にしており、暗くなるまで戻らぬという。

三左衛門は礼を述べて辞去し、虎之介ともども木陰に隠れて待つことにした。

一刻（二時間）ほど経過すると、寒さでじっとしていられなくなった。

さすがに、会津は寒い。

そのとき、畦道（あぜみち）の向こうに提灯（ちょうちん）がぽっと灯った。

「へい、ほう、へい、ほう」

駕籠（かご）が一挺（いっちょう）、近づいてくる。

「来たぞ」

「はい」

「面相は隠しておいたほうがよかろう」

ふたりは手拭いで鼻と口を隠し、さっと道に躍りでた。

虎之介は駕籠に向かって駆けながら、抜刀してみせる。

「ひぇっ」

提灯持ちが腰を抜かし、駕籠かきどもは尻を見せて逃げだした。

置きざりにされた駕籠の内から、小太りの中年男が転げでてくる。

「長兵衛か」

虎之介が一喝（いっかつ）する。

「ひぇえぇ」

長兵衛らしき男は、這うように逃げた。

虎之介は素早く駆けより、後ろから襟首をつかむ。

「ぬぐっ……おた、おたすけを」

長兵衛は懇願しながら、財布を差しだす。

物盗りと勘違いしているのだ。

すかさず、虎之介が当て身を食らわせた。

「うっ」

昏倒した長兵衛を引きずり、駕籠のなかに押しもどす。

「浅間さま、後棒を頼みます」

「ほいきた、合点」

威勢良く応じたものの、棒を担いだ途端、腰がふらついた。

寄る年波には勝てぬ。

駕籠は屋敷を離れ、裏手の山に向かった。

虎之介は軽い足取りで先導し、山道を登ってゆく。

「お、おい。もそっと、ゆっくり頼む」

三左衛門は懇願し、何度も休憩をとった。

それでも何とか、四半刻（三十分）ほど登りつづけたであろうか。

汗だくで顎はあがり、眸子は霞んできた。

行く手がよくみえない。

石灯籠の灯りが、前方に浮かんでいる。

「さざえ堂ですよ」

虎之介は、ようやく足を止めた。

さざえ堂は六角三層の観音堂で、正式名称は「円通三匝堂」という。

駕籠から長兵衛を引きずりだし、唐破風に飾られた御堂に運びこむ。

なかは暗く、黴臭い。

天井の近くまで、螺旋の廊下が築かれている。

螺旋の廊下を登って降りれば、西国三十三箇所の札所を巡ったのと同じ御利益が授かると信じられ、同様のさざえ堂は陸奥に数多く散見される。

手燭を灯すと、奇怪な空気がただよいはじめた。

人の恐怖を呼びおこすには、またとない場所だ。

ふたりは頷きあい、手拭いでまた顔を隠す。

虎之介は屈み、長兵衛の頬を張った。

「うえっ」

「目を醒ましたな」

「こ、ここは」

「地獄の一丁目だよ」

「あ、あんたは」

「閻魔かもしれんし、死神かもしれんぞ」

襟首をつかんで引きよせると、長兵衛は顎を震わせた。

「ひゃっ、やめてくれ」

「泥棒猫め、お上に納める人参を盗んだな」

「うへ」

「悪事のからくり、包みかくさず喋ってもらおうか」

「あんたがた、隠密なのか」

「ふふ、やっとわかったか。正直に答えたら、命は助けてやってもいい。どうする」

虎之介は、静かに刀を抜いた。

「わ、わかった、何でも喋る」

「よし、ならば聞こう。人参を盗んでおるのだな」

「は、はい」

「誰の指示だ」

「御奉行さまにございます」

「人参奉行、岩瀬外記のことか」

「さようです」

長兵衛の口からは、御薬園の差配者や役人たちの名が飛びだした。

ただし、人参奉行の背後に控える者の名は知らないようだ。

たとえば、国家老の萩原調所や熊澤典膳の名は出てこない。

濱屋仁兵衛の名も出ず、かわりに漆器問屋の名が漏れた。

「農地で収穫された人参は選りわけられ、城中のある商家の土蔵へ運びこまれます」

「ある商家とは」

「五色屋という漆器卸しにございます」

人参を漆器の荷に紛れこませ、越後へ持ち出すらしい。

五色屋は御用達なので、関所の検閲もゆるい。

「なるほど、うまいこと考えたな」

「月に一度、御用人参は五色屋から運びだされます」

「行く先は、津川か」

「はい。手前が知るのはそこまでして。津川からは阿賀川の舟を利用し、新潟湊で大きな船に積みかえるのでしょうが、そのあたりを詮索すれば命が危うくなります」

「誰に命を狙われるというのだ」

「わかりません。毎度、岩瀬さまに念を押されるのでございます。余計なことを喋れば、その日のうちに首が飛ぶと」

虎之介は、ちっと舌打ちをする。

「つぎの搬送日を聞いておこう」

「明晩にございます。手前も毎度立ちあいますもので、定刻までに五色屋さんへ伺わねば怪しまれます。家に帰してください」

「狡猾なやつめ。駆け引きをするつもりか」

「手前の命が懸かっておりますゆえ」

「よし、聞いてやろう。条件は」

「運びだしの際は、岩瀬さまもお越しになられます。荷を押さえれば、それが悪事の動かぬ証拠となりましょう。手前の罪を帳消しにしてくださるというなら、ご協力いたします」

漆器に紛れさせた人参を押さえておくのも、悪くない手だ。

少なくとも、人参奉行の罪状はその場であきらかにできる。

捕まえて責めれば、黒幕の正体を明かすかもしれなかった。

三左衛門も、虎之介と考えは同じだ。

乗ってもいい。

虎之介はそれと察し、長兵衛に向きなおる。

「おぬしが裏切らぬという証拠は」

「手前の娘を人質に差しだしましょう」

「娘」

「里（さと）と申します。年は十（とお）、目に入れても痛くない愛娘にございます」

「どうやって、娘を呼ぶのだ」

「清六（せいろく）と申す小者がおります」

「提灯持ちの臆病者か」

「はい、少々抜けておりますが、言われたことはきちんとやります。娘宛てに文をしたためますので、それを清六にお渡しいただき、文遣いをやらせればよろしいかと」

長兵衛は落ちつきを取りもどし、勝手に青図を描いてゆく。

危うい予感もはたらいたが、この際乗ってみるしかあるまい。

虎之介に同意を求められ、三左衛門はしっかり頷いてやった。

四

翌早朝、乳色に立ちこめた靄のなかを、里はひとりでやってきた。

ほっぺたの赤い痩せた娘で、負けん気の強そうな目をしている。長兵衛が語りかけてもまともに応えられず、泣きたいのを我慢しながら口をへの字に曲げていた。

「恐がらずともよい。里、おとなしくしておれば家に帰してもらえるのだ。わかったの」

「はい」

「よし、よし、可愛い娘じゃ」

長兵衛に頭を撫でられ、里は大粒の涙をこぼす。

十といえばおすずと同い年、いとけない娘を巻きこむのは罪深いことだが、致し方ないと、三左衛門はみずからに言い聞かせた。

娘を人質に取ったからといって、長兵衛を帰すわけにはいかない。

目隠しをして縛りつけ、山中の賤ヶ屋(しずがや)へ押しこめておくことにした。

炭焼き小屋の成れの果てか、屋根はほとんど剝がれているものの、杉の巨木が枝を投げかけているおかげで、雨露は何とかしのげそうだ。

三左衛門は見張役で残り、虎之介は城下を探りに出掛けた。

昼餉(ひるげ)には芋汁を煮て、人質ふたりに食べさせてやる。

食事を済ませ、またふたりを縛り、時の経過を待つ。

八つ刻(午後二時)を過ぎたころ、遠くで雷が鳴りだした。

「雪起こしじゃな」

長兵衛は目隠しされたままつぶやき、耳をぴくつかせる。

「雪が降れば道も凍りつく。鳥井峠(とりいとうげ)を越えるのは容易でない」

「鳥井峠とは」

「峠を越えれば津川ですよ」

津川ではおそらく、濱屋の手配した荷船が待っている。酒や漆器に紛れて、御禁制の人参も積みこまれるのだ。

「長兵衛、おぬし、人参大福帳なるものを知らぬか」

「裏帳簿でございましょう。存じておりますとも。五色屋のご主人がつけておられるはずですよ。手に入れたいのですか」

「まあな」

「くく」

「何が可笑しい」

「お武家さまはどうやら、隠密ではないらしい」

「なぜ、わかる」

「のんびりしておられます。だいいち、隠密は敢えて危ない橋を渡ろうとはせぬもの」

「おぬし、隠密を知っておるのか」

「ひと月ほどまえ、濱屋から紹介されたというお武家さまがござりました。飯盛村の人参の作付けをみせてほしいと仰いましてな、案内したところ、何やら検地めいたことをなされ、何も聞かずに立ち去ってゆかれました。あのお方こそ、お上の隠密ではないかと今でもおもっております」

顔を潰された森野数馬のことであろうか。かりにそうであれば、森野は何らかの証拠をつかんだうえで、江戸表へ舞いもどったことになる。

そして、上役に報告をおこなったはずだ。

報告のまえに殺されたのか、それとも、あとで殺されたのか。

あとで殺されたとしたら、大目付の内部にも内通者がいることになりやしないか。

いや、そうであるはずはない。

三左衛門は首を振り、みずからの憶測を否定した。

穏やかな空は一転して掻き曇り、雨雲が渦を巻きはじめている。

「きゃっ」

雷が鳴るたびに、里は悲鳴をあげた。

やがて、激しい雨が落ちてきた。

雷鳴は近づいてくる。

突如、稲妻（いなずま）が光った。

里は膝を抱え、ぶるぶる震えだす。

どおんと雷が炸裂し、尻が浮いた。

みしみしと、杉の巨木が倒れてくる。

「逃げろ」

三左衛門は里を抱きよせ、小屋の外へ飛びだした。

巨大な爪で裂かれた杉の木が、賤ヶ屋の壁を粉微塵に潰す。

「長兵衛、長兵衛」

必死に叫んだ。

すると、縛られた長兵衛が瓦礫の隙間から顔を出した。

「生きておりますぞ、ここじゃ、ここじゃ」

三左衛門は瓦礫を除け、長兵衛を救いだす。

「だいじないか、怪我は」

救いだされた長兵衛は、きょとんとした顔でみつめた。

気づいてみれば、長兵衛も里も目隠しをしていない。

雷が落ちたはずみで、外れてしまったのだ。

「これはこれは、存外にお優しいお顔をしておられる」

長兵衛に感心されても、返答のしようもない。

三左衛門は雨に打たれながら、きまりわるそうに微笑んだ。

「みなかったことにしておけ」

「そういうわけには」

「いかぬか」

「はい」

「困ったな」

「あなたさまに借りができました。九死に一生を得たとは、このことにございます。これを潮に、心を入れかえねばなりますまい」

「悪党と手を切るのか」

「はい」

「よい心懸けだ」

「そもそも、私利私欲で人参を盗んだのではありませぬ。悪事に加担することで、村の年貢(ねんぐ)を軽減していただけるのでございます」

「ふうん」

どうやら、事情があったらしい。

文字どおり、鼻先に人参をぶらさげられ、名主として苦渋の決断を迫られたのだと、大袈裟に長兵衛は涙ぐむ。

事実であれば同情の余地はあるが、罪は罪として裁かねばなるまい。

「雷は去りましたな」

いつのまにか雨も上がり、冷たい風が吹きつけてくる。

「今宵あたり、雪になるやもしれませぬぞ」

長兵衛は曇天を仰ぎ、意味ありげに笑ってみせた。

## 五

吐く息は白い。

暗い空から、白いものが落ちてきた。

「雪か」

寒いはずだ。

紺地に白抜きで『うるし』と描かれた太鼓暖簾が、風にはためいている。

漆器問屋の五色屋は、大町通りの北端に建っていた。

裏手には土蔵が築かれ、石扉の脇に篝火が焚かれている。

篝火のかたわらには見張りが蹲り、白い息を吐いていた。

――火の用心。

辻番の拍子木が遠くで聞こえた。

三左衛門は天水桶の陰に隠れ、篝火を睨んでいる。

覆面を付けた虎之介が隣に立ち、里の肩に手を添えていた。

三左衛門は名主の長兵衛ともども、今から敵中に踏みこむ。

人相が割れたら、腹も据わった。

この場で剣戟におよぶ方針を変え、用心棒に雇われたうえで、荷とともに津川まで足を運ぶことにしたのだ。

無論、相手の信用を得られぬかぎり、企ては絵に描いた餅で終わる。

長兵衛の動きに賭けるしかない。

「そろそろ、参ろうか」

「はい」

三左衛門は長兵衛をさきに立たせ、後ろから慎重についてゆく。

「わしを甘くみるなよ」

「はあ」

「妙な動きをしたら、即座に斬る。娘の命もないぞ」

「わかっておりますよ」

篝火まですすむと、見張りが胡乱（うろん）な眸子を投げた。

「ごくろうさまにござります」

長兵衛は一礼し、頑丈（がんじょう）そうな石扉を開いてもらう。

「失礼いたします。飯盛村の長兵衛にござります」

蔵のなかはがらんとしており、四隅から手燭で照らされている。

土間には莚（むしろ）が敷かれ、荷役夫が五人ほど待機していた。

一段高い板間には絹地の着物を纏（まと）った侍と、太鼓腹を突きだした商人がいる。

偉そうな侍は人参奉行の岩瀬外記、商人は五色屋粂吉（くめきち）にちがいない。岩瀬には配下がひとり付きしたがい、五色屋のそばにも用心棒らしき痩せ犬が控えていた。

「長兵衛か、遅いぞ」

「御奉行さま、申し訳ござりませぬ」

岩瀬は眉間（みけん）に皺を寄せ、三左衛門を睨みつける。

「そやつは」

「はい、腕の立つ御仁にございます。荷運びの用心棒にいかがかと」

「どこの馬の骨とも知れぬ浪人を雇えと抜かすのか。おぬし、いつからそれほど偉くなりおった」

「荷のことを考えたればこそにございます。こちらの先生は鼻先に飛ぶ蠅（はえ）の目玉を、瞬時にして斬っておしまいになるほどの達人、きっと何かのお役に立ちましょう」

「蠅の目玉をか、おもしろい」

「では、雇っていただけますので」

「よかろう、おぬしがそれほど申すのならばな」

すんなり受けいれられたので、三左衛門はほっとした。

「よし、そろりと出立（しゅったつ）させよ。五色屋」

「へえ」

五色屋粂吉が顎をしゃくると、荷役夫たちが動きはじめた。

あらかじめ用意された木箱を抱え、外の大八車に積んでゆく。

木箱は二重底になっており、漆器を詰めた底に人参が隠されていた。

山積みにされた荷は、縄で厳重に括（くく）られた。

虎之介も物陰から、荷積みの一部始終を眺めていることだろう。

三左衛門は長兵衛の動きに目を配りつつ、人参奉行の表情を窺った。

腕の立ちそうな配下は一分の隙も無く、用心棒も眸子を油断無く光らせている。

「旦那、済ませやした」

荷役夫の報告に、五色屋が頷いた。

三左衛門はつられて、外に目を遣った。

その間隙を衝き、長兵衛は袖をひるがえす。

「御奉行さま、御奉行さま」

「何じゃ、うろたえおって」

「あやつ、公儀の隠密にござります」

「なに」

配下と用心棒が、さっと柄に手をやる。

長兵衛は床に這いつくばり、声をかぎりに叫んだ。

「外にもひとり、仲間が」

大声を聞き、虎之介が物陰から飛びだしてきた。

　里を小脇に抱きかかえ、脇差を抜いてみせる。

　三左衛門は待ったを掛け、首を捻りかえす。

「長兵衛、裏切ったな。娘を殺されてもよいのか」

「へん、莫迦め。そいつは婢に産ませた娘だ。煮るなり焼くなり、勝手にするがいい」

「なんだと、この」

「けへへ、まんまと騙されやがった。おめえさんは情に脆い。きっと、どこかでへまをやらかす。そうおもってな、この機を窺っていたのさ」

　長兵衛は鰻のようにするっと、人参奉行のもとへ逃げこむ。

「百姓どものことなんざ、どうでもいい。人参を売って、しこたま稼がせてもらった。黄金に輝く小判を拝むのが、何よりの楽しみでな。さ、塩川さま、あの連中、さっさと殺って下され」

「ようし、まかせておけ」

　塩川と呼ばれた人参奉行の配下は、鮮やかな手並みで抜刀する。

　そして抜き際の一撃を、なぜか、長兵衛の背中に浴びせかけた。

「ぎゃっ……な、なにをなさる」

「間抜けめ、隠密なんぞ連れてきおって、おぬしなんぞにもう用はないわ」

「ぐそっ」

長兵衛は口惜しげに振りむき、脳天に二撃目を食らった。

夥しい鮮血が散り、板間と土間を真っ赤に染める。

里は気を失い、篝火のそばにへたりこんだ。

こうなれば、やるしかない。

「死ね」

用心棒が大刀を鞘走らせ、上段から斬りつけてくる。

三左衛門は身を沈め、すれちがいざま、小太刀を抜きはなった。

「うぐっ」

肉を斬った感触が、手に生々しく伝わってくる。

用心棒は身を捩り、顔から土間に落ちていった。

ぴくりともしない。

殺さずに負かす余裕などない。

「少しはできるようじゃな。隠密め、名は」

人参奉行は余裕綽々で、詮無いことを聞いてくる。

「ふふ、隠密が名乗るわけもあるまいのう。これに控える塩川伝蔵はわが藩でも五指にはいる一刀流の剣客、一尺五寸にも満たぬ小太刀では、よもや敵うまいぞ」

かたわらから、五色屋粂吉が口を挟む。

「かくいう御奉行さまも、一刀流の御免状をお持ちだ。鼠の一匹や二匹、物の数ではありますまい」

「ぬはは、煽てるな、五色屋」

人参奉行は得意気に胸を反らす。

なるほど、ひと筋縄ではいかぬらしい。

虎之介が背後から、ずいと前面に押してきた。

塩川は窪んだ眸子を光らせ、舌なめずりをしてみせる。

「ふふ、でかいほうからさきに死ぬか」

「まいる」

虎之介は敷居をまたぎ、ずらりと抜刀する。

「待て、おぬしは手を出すな」

三左衛門は割ってはいり、きっぱりと言いきった。

どのような窮地に立たされても、虎之介には人を殺めてほしくない。

人を殺めた傷はあまりに深く、生涯の汚点として残りつづける。

みずからの抱いた苦しみを、少なくとも今は味わってほしくなかった。

「死ね。くりゃ……っ」

舐めきった一撃が頭蓋を狙い、逆落としに落ちてきた。

これを弾き、用心棒を斬ったときと同様、脇胴を狙う。

と、察せられたが、三左衛門の動きはちがった。

「そいっ」

上段の一撃を十字に受け、火花を食らう勢いで懐中に飛びこむ。

相手の顎に強烈な頭突きを見舞い、股間を膝で蹴りあげた。

「ぬぐっ」

まるで、戦場で渡りあう甲冑武者が捨て身で闘っているかのようだ。

気がつけば、塩川伝蔵は板間に倒れふし、泡を吹いている。

「ひぇっ」

五色屋が這うように逃げだした。

「きさまあ」

人参奉行の岩瀬は眸子を剝き、華美な拵えの刀を鞘走らせる。

三左衛門は素早く駆けより、片手持ちの上段から首を斬りさげた。

「ぬきょっ」

首が落ちる。

いや、落ちてはいない。

首筋をとらえたのは、寸前で返された峰のほうだ。

岩瀬外記は両膝を折り、板間に額を叩きつけた。

「口ほどにもないやつめ」

「寄るな、寄るな」

ひとり残った五色屋粂吉は、小脇に大福帳を抱えている。

裏帳簿だ。

「待て、血迷うな」

三左衛門は膝を繰りだす。

「ぬひゃああ」

漆屋は物狂いしたように叫び、手桶を拾いあげた。

手桶は艶めいた液体で満たされている。

油だ。

ひっくり返した。

床に油がぶちまかれ、臥した人参奉行を濡らす。

もはや、五色屋は正気を失っていた。

「燃やしてやる。証拠はぜんぶ燃やしてやる」

叫びながら大福帳を投げすて、長押から手燭を取りはずす。

「やめろ、早まるな」

虎之介が駆けよろうとしたとき、五色屋は手燭を抛った。

「うわっ」

炎はとんでもない勢いで床にひろがり、四方の壁から天井に這いあがる。

やにわに、五色屋自身も炎の蛹と化した。

もはや、救う手だてはない。

「逃げろ」

三左衛門と虎之介は、紙一重の差で外に出た。

荷役夫や見張りは、ことごとくすがたを消している。

悪事に加担している以上、自身番に駆けこむこともできまい。

三左衛門は倒れている里を抱きおこし、虎之介は大八車に飛びついた。

だが、荷山を覆う莚にも火の粉が飛び、ぼうぼうと燃えている。

消しようもない。

「あきらめろ」

三左衛門は叫んだ。

ぼんと屋根が吹きとび、灼熱の炎を噴きあげる。

土蔵の外壁は真っ赤になり、熱せられた巨大な釜のようになった。

「くそっ」

悪事の証拠が、眼前で跡形もなく消えてゆく。

虎之介の横顔には、口惜しさが滲みでていた。

六

幸い、炎は土蔵を焼いただけにとどまり、家屋の密集する地域には飛び火しなかった。

夜更けになり、寒さは増していたが、大勢の野次馬たちが集まってきた。

三左衛門と虎之介は野次馬に混じり、丸焼けになった土蔵をみつめている。

里は逃げもせず、虎之介の手をぎゅっと握っていた。

小さな娘の手は荒れている。きつい水仕事をやらされた跡だった。

長兵衛に可愛がられたおぼえもないが、頼るべき唯一の父親を失い、里は途方に暮れていた。

「帰るところがありません」

十の娘は、かぼそい声でつぶやいた。

当面は連れてあるくしかない。

「弱ったな」

三左衛門は溜息を吐（つ）いた。

いざとなれば、江戸へ連れてゆくか。

自分が請人（うけにん）になって、養父母をさがしてもよい。

ともかく、十の娘を放っておくのはしのびなかった。

野次馬たちの目は、燻（くすぶ）る炎に注がれている。

そうしたなか、ただひとり、少し離れたところから、虎之介をじっとみつめる者があった。

「おや」

色白でふくよかな武家娘だ。

三左衛門がそれと気づいたのは、娘の瞳が異様な輝きを帯びていたからだった。

「気取られるな、若い娘がおぬしをみておるぞ」

それとなく注意を促すと、虎之介は編笠をかたむけた。

「あ」

一瞬、顔が凍りつき、里の手を引きよせる。

「浅間さま、まいりましょう」

「ん、よし」

三人は土蔵に背を向け、人垣から離れていった。

娘の執拗な眼差しは、なおも背中に張りついてくる。

振りかえらずに歩みつづけ、西に向かう間道に逸れた。

さすがに、ついてくる者とていない。

「知った娘か」

単刀直入に糺すと、虎之介は苦しげに頷いた。

「あのお方は御目付矢島左近さまのご息女、美貴どのにございます」

「重臣の娘御か、おぬしとの関わりは」

「許嫁にございました」

「げっ、まことかよ」

「はい、矢島さまは亡き父の朋輩、美貴どのとは幼きころよりともに育った仲、たがいに将来は夫婦になることを望んでおりました。ところが、わたしのせいで約束は反故に。矢島さまにも美貴どのにも、多大な迷惑を掛けてしまった」

許嫁の娘と出逢ってしまうとは、これも何かの因縁だろう。

「うっかりしておりました。矢島さまの御屋敷は大町通りのさきにあるのです」

「ということは、実家におるということだな。まだ嫁いでおらぬのかもしれんぞ」

「それはありますまい。わたしとのことが流れたあと、美貴どのには縁談がいくつもあったと聞いております。ともあれ、かようなことを憶測しても詮無いはなし、わたしはここにいてはいけない身なのです」

虎之介は今までにないほど、淋しい顔をしてみせた。

無理もない。まだ二十歳手前の若侍なのだ。

からだつきは大人でも、心は幼い。

色恋の奥深さも知らぬであろう。

それをおもうと、可哀相になってくる。

あまりに理不尽（りふじん）な生き方を強いられているのではないか。

「これも修行です」

ぽつりと、虎之介は漏らす。

いったい、何のための修行なのか。

会津藩は私利私欲に走る悪党を抱えこみ、前途洋々たる若武者をすてた。

どう考えても、理不尽ではないか。

沸々（ふつふつ）と、怒りが込みあげてくる。

「里、腹は減らぬか」

虎之介は立ちどまり、優しげに声を掛けた。

里はこっくり頷く。

可哀相なのは、虎之介だけではない。

里という娘も、生きる手懸かりを失いかけている。

「浅間さま、田圃（たんぼ）のなかを一里も歩けば、粥（かゆ）にありつけましょう」

「さようか。しかし、宿場はなさそうだぞ」

「勝常寺がございます」

「なるほど」

山門を敲けば、次兄の月心が出迎えてくれるはずだ。

虎之介は今、肉親の温かみを欲している。

三左衛門には、そう感じられてならない。

七

豪壮な仁王門をくぐると、総欅造りの薬師堂が前方にあらわれた。

篝火に浮かぶ外観は幽玄と呼ぶにふさわしく、雑念は瞬時にして消えさった。

「虎之介、如来さまを拝むがよい」

月心と名を変えた天童家の次兄は三十にして高僧の風格をただよわせ、会津の三虎と評されたころの刺々しさはない。

右手はいまだに痺れ、印を結ぶのもままならず、左足は心持ち引きずって歩く。熊澤典膳との申し合いが、いかに激越であったか。そのことを如実に物語っている。

「期するものが何であれ、おぬしは幼い娘を人質に取った。御仏に祈り、罪を悔いあらためねばならぬ」
御堂の扉が開いた刹那、三左衛門はわが目を疑った。
薬師如来像は日光菩薩と月光菩薩を脇侍にしたがえ、神々しい輝きを放ってい
た。罪深き者たちの所業を深い慈悲で包みこみ、常世での幸せを約してくれる。
そんな如来さまだ。
里はその場に蹲り、ぽろぽろと涙をこぼしはじめる。
三左衛門は座禅を組み、明鏡止水の境地にいたる。
そうやって祈りを捧げたのち、宿坊に招じいれられた。
「さあ、温かいものを供してつかわそう」
煮えた鍋が運びこまれた。
ごくっと、唾を呑みこむ。
「こづゆじゃ」
貝柱の戻し汁に山菜や里芋、豆麩などを入れて煮込み、塩醤油で薄味にとと
のえる。会津の武家で、正月などにかならず饗される料理だ。贅沢すぎて宿坊で
は食されぬが、行き倒れ者に滋養をつけるために作るらしい。
月心はみずから椀を取り、つゆをよそってくれた。

「かたじけない」

三左衛門は椀を受け、ずずっと小気味良く啜る。熱いものを腹に入れ、ようやく人心地がついた。虎之介も里も、必死にこづゆを貪っている。

「まるで、飢餓地獄の亡者だな」

虎之介にしてみれば、懐かしい故郷の味であろう。こづゆを食した途端、活力が甦ってきたようだ。

月心は静かに微笑む。

「浅間どの、貴殿は噂どおりのお方です。失礼ながら、剣の達人にはみえぬ。なれど、能ある鷹は爪を隠すと申します。まさしく、浅間どのは鷹のごとき御仁、虎之介も江戸で良きお方にめぐりあえた」

「困りますな。かいかぶられると、身の程を忘れてしまう性分なので」

「褒められたら素直に喜ぶ。怒りたいときは怒り、泣きたいときはひと目もはばからずに泣く。それでよいのです。みずからの素直な感情を、無理に押し殺すことはない。だいいち、からだによくない。長生きできませんぞ」

「はあ」

月心は微笑みつつも、わずかに首をかしげた。

「おや、人を斬ってこられたな」

「わかりますか」

「血の臭いがする」

「如来さまにいくらお願いしても、来世は地獄に堕とされましょうな」

「そうともかぎらぬ。人を斬る痛みを知る者は、かならずや、救われましょう。ちなみにと言っては何だが、虎之介は人を斬ったことがない。会津を離れたあとも、おそらく、斬ってはおりますまい。のう、そうであろう、虎之介」

「は、兄上の言われるとおりにござります」

「やはりな。人斬りをやった者は目つきがちがう。浅間どの、虎之介は剣にたいして天賦の才を有しております。なれど、あくまでもそれは板の間でのはなし、真剣勝負の修羅場を踏んでおらぬゆえ、太刀筋は甘い。真天流の秘技である蜘蛛足も修めはしたが、肝心なとき使い物になるかどうか、いささか案じております」

　蜘蛛足とはいったい、どのような秘技なのか。

　興味を惹かれつつも、別のことを訊く。

「月心どの、肝心なときとは」

「天誅を下すときにござるよ、ふふ」

月心は意味ありげに笑う。

「国家老の萩原調所は、獅子身中の虫にほかなりませぬ。わたしどもの父虎雄を死にいたらしめたのも、調所の差し金に相違ない」

「それはどういうことです」

五年前、天童虎雄は目付として、作事奉行による公金横領の一件を調べていた。それは巧みに隠蔽された不正行為で、巧妙なからくりを述べれば、いちど有力な材木商に城普請や道普請を発注し、支払われた対価のなかから金銭が還流する仕組みになっていた。見返りの謝礼金が莫大ゆえに、もはや、見過ごすことのできる賄賂の範疇を超えていたのである。

「悪事の露見した作事奉行は切腹し、一件は落着したかにみえました。ところが、裏で糸を引く者があった。父はその人物に疑念を抱き、深く調べていった。その過程で毒殺されたのです」

虎雄は城中の目付部屋にて食事中、大量の血を吐いた。

「たまさか同席していたご朋輩によれば、父はいまわに、口惜しい、このままでは死んでも死にきれぬと漏らしたそうです」

「そのときの黒幕が萩原調所」

「さよう。折に触れて、父は調所の悪辣さを嘆いておりました。会津侍の風上にも置けぬ男だと。ただ、ついに、父が調所の指図で殺されたという確乎たる証拠はみつけられませなんだ。ゆえに、われら兄弟は指をくわえてみているしかなかったのです」

当時、虎雄は深く潜行するように探索をつづけていた。身近に裏切り者でもいないかぎり、敵方に知られるはずはなかったのだと、月心は言う。

「裏切り者が誰かはわかりませぬ。父はわれら兄弟に、何ひとつ遺してくれなかった。おそらく、裏切られたことさえ、本人は知らなかったのだとおもいます」

天童家の不幸は、虎雄の死にとどまらなかった。

月心が天童家の意地を賭けてのぞんだ御前試合も、今となってみれば仕組まれたものだった公算は大きい。

萩原調所は虎雄を亡き者にするだけでは飽きたらず、天童家を断絶に追いこむ腹だったにちがいない。断絶こそ免れたものの、御前試合を契機に天童家は落ちぶれ、三兄弟はばらばらになってしまった。

「かように調所への怨恨は深い。なれど浅間さま、こたびの一件、わが弟の虎之介は恨みだけで動いているのではござらぬ」

「と、申されると」

「会津には什の掟なるものがあります」

什とは会津藩士を統率するうえでの単位を示し、十人一組を最少単位として形成されている。

藩士の子は身分の上下を問わず、幼いころより儒教の教えを叩きこまれる。遊びの場でも藩校においても、年上の者から年下の者へ、師から弟子へ伝えられ、やがて、それは血肉となり、会津魂という堅固な精神のありようをかたちづくる。

「ひとつ、年長者の言うことに背いてはなりませぬ。ひとつ、年長者には御辞儀をしなければなりませぬ。ひとつ、虚言を言うことはなりませぬ。ひとつ、卑怯な振るまいをしてはなりませぬ。ひとつ、弱い者を虐めてはなりませぬ。ひとつ、戸外で物を食べてはなりませぬ。ひとつ、戸外で婦人と言葉を交えてはなりませぬ。ならぬことはならぬものです、というのが什の教えにござります。かくいうわたしも、そうでした。仏門にはいると余計に、什の掟に縛られていたことが骨身に沁みてわかる。虎之介もしかり、兄のわたしをおもう孝の精神から、熊澤典膳の屋敷に斬りこんだ。そして、藩籍を失っても、主君をおもう忠の精神がいささかも衰えることはなかった。なにせ、御小姓としてわが殿のお側にお仕えしていた身、虎之介は忠の精神に殉じるべく、樹ったのでござる。これぞまさしく会津魂、武士の矜持にほかなりませぬ」

虎之介は会津侯への忠誠など、毛ほども口にしなかった。

だが、月心のことばには人を納得させる強い力がある。

「本来なれば、わたしも樹ちたいところだが、このからだではかえって足手まといになるだけだ。浅間どのに御助力をいただくしかないのです。ふふ、かようにお願いしておきながら、問うてみたいことがひとつござってな。浅間さまはなにゆえに、腹をくくられたのでしょうや」

「なにゆえか……敢えて申しあげれば、義のためでしょうか」

「義」

「義を見てせざるは勇なきなり。論語ですよ」

月心はおもわず、膝を打った。

「まさしく、会津魂にほかならぬ」

「言われてみれば、そうかもしれませんね」

「さて、これからどうなさる。五色屋の火事で、手だては潰えたやにみえるが」

「虎之介どのとも相談し、津川へ行ってみようかと」

「津川か」

「はい、津川には濱屋仁兵衛の店がある。そこを当たる以外に、これといった妙案も浮かびませぬ」

「よいところに目を付けられた。五色屋の裏帳簿は焼けてしまったが、濱屋にも同様の裏帳簿があるはず」

「それさえ入手できれば、敵方への脅威となりましょう」

「濱屋を探れば、萩原調所との黒い繫がりが炙りだされてくるはず」

月心は頷き、里に微笑みかけた。

「娘、おぬしは寺に残りなさい」

里は困ったような目で、虎之介をみつめる。

妙なことに、自分を人質にとった相手を慕っているのだ。

虎之介の優しさが、里には得難いものに感じられたにちがいない。

「ふふ、虎之介と離れたくないようじゃな。よし、されば、天童家の者になりな

「天童家で女中奉公しておれば、会津と江戸で離れていても、心の繋がりを保つことはできよう。おぬしと虎之介は、そうした間柄になればよかろう。遠慮はいらぬ、よいな」

月心は、静かに語りつづけた。

里は黒目がちの大きな目を、まるくしている。

これには、三左衛門も驚かされた。

「え」

さい」

「はい」

里は嬉しそうに発し、虎之介も満足げに微笑む。

兄弟の堅固な結びつきが、三左衛門には羨ましかった。

八

雪の鳥井峠を苦労して越え、ふたりは津川にたどりついた。

路銀を節約するために木賃宿（きちんやど）へ草鞋を脱ぎ、二日が経った。

暦はもうすぐ冬至（とうじ）、昼は短く、夜は飽き飽きするほど長い。

江戸では、もう初雪が降ったであろうか。

おまつとおすずはこの時期になると、いつも湯屋の柚子湯と南瓜を楽しみにしていた。

おきちは、風邪などひいておらぬであろうか。

星もない寒空をみつめると、たまらない気持ちになってくる。

おもえば、遠くまでやってきたものだ。

津川を治めるのは会津藩だが、ここからだと会津若松よりも越後の新発田に近い。

阿賀川は阿賀野川と名を変え、川幅もぐんと広くなる。

「われわれは、核心に迫っているのでしょうか」

と、虎之介がつぶやいた。

「さあ、どうであろうな」

少なくとも、悪事の一端は断ちきった。

しかし、岩瀬外記や五色屋や長兵衛に替わる者は、いくらでも出てこよう。

根っこを断たぬかぎり、悪事は繰りかえされるのだ。

「萩原調所め」

「おぬし、面相は存じておろうな」

「はい。鰓の張った鯊のごとき顔のなかで、ぎょろ目を飛びださんばかりに剝いておりました。年は五十五、髪を染めているせいか、ずいぶん若くみえます」

からだつきも堂々たるもので、裃を身に着けて城内の廊下を歩くと、すれちがう者はみな萎縮してしまうという。

「思い描いたとおりの人物だな」

「いっとき、陰間を好むとの噂が立ちました。小姓衆のあいだでは、陰間家老などと囁かれていたことも」

「それは聞き捨てならぬぞ」

「御城下の花街に陰間茶屋の集まっているところがあります。よろしければ、ご案内申しあげますよ」

「遠慮しておこう」

「調所に繋がる端緒を得るべく、陰間を訪ねあるくのですよ」

「しんどいな。ともあれ、まずは濱屋だ。はたして、主人の仁兵衛が江戸から戻っているかどうか」

「戻っておらずとも、裏帳簿さえ入手できればよしとしましょう」

「番頭の名は何であったかな」

「嘉平です。この者が店のいっさいを任されているとか」

河岸の利権は濱屋が握っていた。

津川では濱屋を相手取って喧嘩はできない。

「やはり、会津藩御用達の威光が効いているようです。水天の弥八なる地廻りの親分がおりましてね、濱屋の手足になって荷役夫の手配から揉め事の後始末までおこなっている。地廻りの手先がどのように手荒なまねをしても、誰ひとり抗する者はいないそうです。なにせ、取り締まる者がいない。津川の代官も濱屋とべったりですからね」

「濱屋の牙城というわけだな、ひとつ暴れてやるか」

「何か策がおありですか」

「おぬしとわしが敵味方に分かれるというのはどうだ」

「え、わたしと浅間さまが」

「さよう。おぬし、敵を手こずらせる者と敵に取りいる者、どっちがやりたい」

「ならば、手こずらせるほうで」

「そうくるとおもった。よかろう、ただしな、誰かを殺めてはならぬ。命の替わりに髷を狙え。できるかな、おぬしに」

「おみせいたしましょう」

「そうだ、ひとつ聞いておきたかったのだが、蜘蛛足とはどういった技なのだ」

「それは真天流の秘技、いかに浅間さまとてお教えするわけにはまいりませぬ」

「であろうな」

三左衛門は尋ねたことを恥じた。

自分が虎之介の立場でも、安易には教えまい。

「よし、明日からは他人同士だ。わしと対峙したときに遠慮はいらぬ、正面から斬りつけてこい」

「承知しました。なれど、浅間さまに最後は花を持たせねばなりませんね」

「それよ、そこをうまくやらねば、敵の信用は得られぬ」

「なるほど」

「わしは籠手打ちを狙うつもりだ。峰で叩かれるのは痛いぞ。それでもよいのか」

「痛いのは馴れております」

「ふふ、明日が楽しみだな」

ふたりは地酒を呑みかわし、五合ずつ空けてから眠りに就いた。

## 九

翌日は好天に恵まれた。

滔々（とうとう）と流れる阿賀野川の対岸には、麒麟山（きりんざん）が望める。

山というよりも丘陵で、鎌倉のころには城が築かれていたらしい。

山の稜線に沿って低く、白い雲が棚引（たなび）くように流れていた。

川風は冷たいものの、陽が射しているのでさほど寒さは感じない。

細長い河岸には大小の荷船が寄せ、威勢良く荷積みがおこなわれていた。

米、酒、漆器、桐細工、新潟湊に向けて会津の特産物がごっそり運ばれてゆく。反対に越後からは、塩、干し魚、海藻（かいそう）、あるいは、上方の反物（たんもの）などがもたらされた。

河岸のそばにある住吉神社（すみよしじんじゃ）の境内では六斎市（ろくさいいち）も立ち、朝早くから大勢のひとで賑（にぎ）わっている。

船番所のほうで騒ぎが起こったのは、冲天（ちゅうてん）に陽が昇りかけたころのことだった。

「喧嘩だ、喧嘩だ」

野次馬のみならず、河岸で働く人足までが駆けだした。

三左衛門も人の波に乗り、河岸のただなかを駆けぬけた。

「そこだ、ふたりやられたぞ」

ざわめく人垣の向こうには、住吉神社の鳥居（とりい）がみえた。

地廻りの連中が、ひとりの侍を取りかこんでいる。

「あの若侍、水天一家に刃向かいやがった」

「ただでは済むまい」

野次馬どもは、血腥（ちなまぐさ）い光景をなかば期待しているかのようだ。

無論、若侍とは虎之介にほかならない。

ひと暴れしたようで、半端者がふたり、地べたに転がっている。

どうせ、すれちがいざまに肩と肩がぶつかった程度のことだろう。

船番所の役人はいるにはいるが、口出しもせずに推移を見守っている。

中年肥りの禿（は）げた男が、がに股で歩みだしてきた。

「水天の弥八に刃向かうたあ、いい度胸をしてんじゃねえか。おめえ、名は」

「名無しの権兵衛（ごんべえ）」

「莫迦にしやがるのか」

「手下の無礼を詫びろ、はなしはそれからだ」

「なにっ、はなしなんざする気はねえ。先生」

弥八に大声で呼ばれ、用心棒らしき侍が登場した。

物腰は落ちついており、かなりできそうだ。

「こちらはな、何たら流の御師範だぜ。そこに両手をついて謝りな、今のうちなら許してやってもいい」

「禿、謝るのはそっちだ」

「こ、この野郎。先生、やっちまってくれ」

用心棒は無言で刀を抜き、八相に構える。

虎之介も刀を抜き、爪先で躙りよった。

息詰まるような静寂を、用心棒の疳高い声が破る。

「ちょう……っ」

踏みこみも鋭く、二段突きを見舞った。

虎之介は軽く躱すや、はっとばかりに跳躍する。

「はあっ」

飛鳥のように舞いあがり、羽根のごとく舞いおりる。
見物人は固唾を呑み、華麗な体さばきに目を吸いつけた。
――ひゅん。
刃音が唸る。
紫電一閃、虎之介の刃が鞘に納まった。
刹那、用心棒の元結がぷつっと切れ、ざんばら髪が肩に落ちた。
「勝負あり」
三左衛門がさくらになって叫ぶと、やんやの喝采が沸きおこった。
用心棒はへたりこんだが、地廻りの連中は我慢できない。
懐中から匕首を抜き、じりっと輪を狭めた。
それでも、船番所の役人は動こうとしない。
弥八が怒鳴りあげた。
「やっちまえ」
「うわああ」
匕首が殺到した。
虎之介は怯まない。

ひらり、ひらりと躱し、髷をつぎつぎに飛ばしてゆく。

飛ばされた者は恐怖に縮みあがり、頭を押さえて蹲った。

「そろそろ、出番だな」

三左衛門は、人垣からすっと離れた。

弥八のそばに近づき、耳元に囁いてやる。

「親分さん」

「うへっ、だ、誰でえ、おめえは」

「わしを雇え、やつを何とかしてやる」

「ほ、ほんとうかい」

「ああ、嘘は言わぬ」

「でも、おめえさん、何だか弱そうじゃねえか」

「人を見掛けで決めつけるな。ぐずぐずしておると、おぬしも髷を失うぞ」

「わ、わかった。やつを何とかしてくれたら、おめえさんの頼みを聞いてやる」

「よし、腰の得物を借りるぞ」

弥八の腰にある段平（だんびら）の柄を握り、しゅっと抜きはなつ。

「ぬひゃっ」

禿げた親分は腰を抜かし、地べたに尻餅をついた。

「さあて、まいるぞ」

直刀の段平を提げ、大股で虎之介に近づいてゆく。

虎之介は表情も変えずに振りむき、ひとこと発してみせた。

「飛んで火にいる何とやら」

「ふっ、若僧、後悔いたすなよ」

三左衛門は段平を青眼に構え、軽々と間境を踏みこえた。

「いや……っ」

凄まじい気合いとともに、虎之介が上段から斬りこんでくる。

「なんの」

段平で一撃を弾いた途端、強烈に手が痺れた。

「死ね」

とまで口走り、虎之介は二撃目を繰りだす。

こんどは、突きとみせかけた胴斬りだ。

「うおっと」

手を抜いているわけではないが、躱すだけで手一杯だ。

虎之介は休む暇も与えず、袈裟懸けを仕掛けてくる。

これを刃で受け、鍔迫りあいになった。

ぐいぐい押しこまれ、息があがってくる。

「何をなさっておられる」

虎之介が、周囲に気づかれぬように囁いた。

「早う、決着を」

「わ、わかった」

ぱっと離れた途端、虎之介はわざと足を滑らせた。

「好機」

三左衛門は見逃さない。

毛臑を剝き、狙った左籠手を峰で叩きつけた。

「うっ」

虎之介が手を胸に抱えて蹲る。

加減したつもりだが、かなり痛そうだ。

「ま、まいった、命だけはお助けを」

虎之介はそう言いながら、やおら立ちあがった。

　こちらに背をみせるや、一目散に逃げだした。

「あ、待て、こら」

　背中で、禿げた野郎が叫んでいる。

「どんなもんだい」

　三左衛門は胸を張った。

　野次馬どもは、なぜか、冷ややかな眼差しを送ってくる。

「おいおい、若いほうの味方ばかりだな」

　もはや、虎之介のすがたは河岸にない。

　人垣はくずれ、あちこちに散ってゆく。

　弥八だけが駆けより、真っ赤な顔で怒鳴りつけた。

「てめえ、逃しやがったな」

「助けてやったのに、それはないだろう。勝負は決したのだ、おぬしも髷を失わずに済んだではないか」

「そりゃ、まあそうだが」

「さあ、約束だ。わしを雇え」

　弥八は、渋々ながらも承諾した。

これでひとつ、濱屋に近づく端緒を得たというわけだ。

虎之介に重傷を負わせてはいまいかと、三左衛門は案じた。

十

川面に夕陽が滑りおちた。

濱屋は河岸の中央に、でんと構えている。

間口は隣りあわせた商家の倍はあり、ひとの出入りも激しい。

売場格子の内に座る番頭は痩せた小男で、帳面と睨めっこをしている。

「嘉平さんかい」

三左衛門は敷居をまたぐなり、気軽に声を掛けた。

嘉平はちらりと目をあげ、また帳面に目をもどす。

ここは痩せ浪人の来るところではない、とでも言いたげだ。

「わしは横川釜之介(かまのすけ)、ほれ、船番所のそばで喧嘩があったろう。水天の連中が若僧に髷を飛ばされたな。その若僧を打ち負かしてやったのが、このわしさ」

自慢してみせると、嘉平は素っ気なく言った。

「水天一家の用心棒と仰れば、それで通じます」

三左衛門は微笑み、上がり框に腰を掛けた。

「わかってんなら、茶でも出せ」

小僧が呼びつけられ、茶ではなしに一升徳利とぐい呑みを運んでくる。

「ほう、気が利くではないか」

三左衛門は注がれた酒を一気に干し、にんまりと笑った。

「さすが会津は酒所、こたえられぬ味だわい」

「それは津川の地酒、麒麟山にござりますよ」

嘉平が淡々と告げた。

「なるほど、そうと聞けばいっそう美味いな」

「ところで、ご用件は」

「河岸で厄介になる以上、濱屋のご主人に挨拶せねばなるまい。そうおもってな、わざわざ足労したというわけさ」

「主人の仁兵衛は留守にしております」

「そうであろう。忙しい御仁だとは聞いておる。江戸におられるのかい」

「いいえ、会津若松に戻っております」

「ほ、そうか」

三左衛門の眸子がきらっと光る。

「わしも会津の城下から流れてきたのだがな、そういえば、大町通りで火事に出くわしたぞ」

「漆器卸しの五色屋さんにござりましょう」

「それそれ、蔵が丸ごと燃えちまったらしい」

「蔵ひとつで済んだのは不幸中の幸いにござります。お店者にとって火の不始末は命取りになりかねません」

「火の不始末ではないぞ。噂では付け火と聞いた。いいや、それだけではない。焦げた蔵のなかから、屍骸が五つもみつかったらしい。見る影もなく焼け焦げておったが、そのうちのひとりは五色屋の主人であったとか」

「それは根も葉もない噂でしょう。焼け跡からほとけがみつかったなぞというはなし、手前は聞いておりませんよ」

気色ばむ番頭の様子を、三左衛門はじっくり観察した。

嘉平はたぶん、事情を知っている。主人の仁兵衛も今ごろは黒幕と膝をつきあわせ、善後策を練っているにちがいない。

人参奉行にくわえて御用商人という手駒を失い、敵はかなり困っているはずだ。五色屋の蔵に踏みこんだ隠密の正体をみきわめ、所在を確かめるべく、蠢動しはじめたところだろう。

　何とかして、先手を打たねばならない。

　そのためには、悪事の裏付けとなる人参大福帳がどうしても欲しかった。

　この店のどこかにあるはずだ。

　三左衛門は、板壁にぶらさがる帳面類を眺めた。

　当座帳に売掛帳、仕入帳に荷物受渡帳、相場帳に為替運賃渡帳、ほかにも水揚帳などと記された帳面もぶらさがっている。無論、そのなかに裏帳簿があるはずはない。

「用心棒どの、ほかに何かご用でも」

　嘉平が冷めた口調で吐いた。

「主人の仁兵衛は明日の夕刻までには戻ります。夜には酒宴を張るとおもいます。ひょっとしたら、水天一家のほうへお願いすることがあるかもしれません。そのときは、どうぞよろしく」

「承知した。さればな、これは貰ってゆくぞ」

　三左衛門は一升徳利を拾い、すっと腰をあげた。

## 十一

その夜、三左衛門は水天一家の屋敷から抜けだし、住吉神社に足を向けた。

木々の葉は落ち、すっかり末枯(うらが)れたおもむきの境内は薄暗く、石灯籠の灯りだけが妖しげに参道を照らしている。

慎重に歩をすすめると、石灯籠の陰から人影がゆらりとあらわれた。

虎之介である。

「よう、左手はだいじないか」

「ご心配にはおよびません」

「そうか」

「うまくやりましたな」

「ああ。芝居とはいえ、おぬしは手強(てごわ)かったぞ」

「浅間さまこそ」

「おぬしと雌雄(しゆう)を決したくなったわ」

「え」

「ふはは、冗談を真に受けるな」

「いいえ、じつは、わたしも同じことをおもいました。いつか、浅間さまと真剣に立ちあってみたいと」

「まことかよ」

「はい……もしかしたら、わたしは武芸者になりたいのかもしれません」

「武芸者か」

「次兄は仏門の徒となり、厳しい修行に身を捧げております。あのすがたをみるにつけ、わたしも何かひとつの道を究めねばならぬと、そのように」

「羨ましいな。わしもかってはそうしたいとおもった。おもっているうちに道を外れ、一介の浪人になりさがった」

「浅間さまにはご妻子があられます。一家の大黒柱として、立派に暮らしておられるではありませんか。羨ましいのは、わたしのほうです。夫婦親子の絆はなにものにもかえがたい。あ、いや、失礼いたしました。生意気なことを口走ってしまい」

「よいのだ、気にするな」

虎之介は家族の温もりを欲しつつも、孤独な求道者になる道を模索している。

三左衛門は同情を禁じ得ない。

「水天一家の阿呆どもが、おぬしを捜しておるぞ」

「わかっております」

「泊まるところはあるのか」

「ご心配なく、河岸に繋がれた荷船がいくらでもありますから」

「荷船か」

暗い川面に目を移す。

「存外に快適ですよ」

と、虎之介は笑った。

「それならよいがな。ところで、濱屋仁兵衛が戻ってくるらしいぞ」

「まことですか」

「ああ、水天の親分は仁兵衛を囲んで宴を張る。明晩六つ半(午後七時)、茶屋は笹屋だ」

「どうします」

「五色屋の二の舞になっては困るからな、ちと慎重に事を構えよう。狙いはあくまでも、裏帳簿だ」

「番頭の嘉平をしぼりあげるという手は」

「はたして、嘉平が裏帳簿の所在を聞かされているかどうか、そのあたりがいまひとつわからぬ」

「なるほど、もう少し様子を眺めるしかありませんね」

「敵も動きはじめた。のんびりとしてばかりもいられない」

「とりあえず、明晩は笹屋の近くにおりましょう」

「ふむ、ではな」

三左衛門は頷き、くるっと背中を向ける。

参道を少しすすみ、振りかえってみると、虎之介が石灯籠の脇で右手をあげた。

不安げな顔だ。

こちらまで、物悲しい気分になってくる。

はたして、この一件はふたりで解決できるのだろうか。

出口のみえぬ隧道(ずいどう)に迷いこんでしまったのかもしれぬ。

三左衛門は、突きすすむことしか考えないようにした。

「物事はなるようにしかならぬ」

そうやって腹をくくれば、少しは気も楽になる。

## 十二

翌晩。

もはや、笹屋の宴もたけなわとなった。

上座には代官が座っているものの、主役はあくまでも濱屋仁兵衛であった。

集まった河岸の主立った者たちは、江戸の土産話をしきりに聞きたがった。

仁兵衛は面倒臭そうな顔もせず、他愛もないはなしを楽しそうに聞かせてやった。

芸者や幇間も座を盛りあげ、仕舞いには水天の弥八みずから裸踊りをしてみせる。地廻りを率いて日頃から威張りちらしてはいるが、心からの悪党ではないらしい。

三左衛門は末席にあって、控えめに酒を舐めながら様子を窺った。

濱屋仁兵衛とは、江戸でいちど出逢っている。

会津藩の下屋敷がある芝の海岸だ。

あのときは夜だったし、大勢の人がいた。

よもや、憶えてはおるまいとおもったが、できるだけ目立たぬように気をつけた。

座にはひとり、気になる人物がいる。

仁兵衛の脇に控え、静かに酒を舐めている三十男だ。

見掛けは町人風だが、所作に隙がない。

他の連中も、素姓を知りたがっている。

そうした空気を読んだわけでもなかろうが、弥八が仁兵衛に糺した。

「濱屋の旦那、そちらの御仁はどなたでやんすか」

「ああ、こちらか。江戸のとある商家の若旦那でな、ご見聞を広めていただくべく、陸奥へお招きしたというわけさ」

「なあるほど、お江戸から、それはそれは遠いところを」

弥八は酒を注いでやり、返盃まで貰って喜んでいる。

喜んだついでに首を捻り、手招きしてみせた。

「おうい、先生」

まずい。紹介する気だ。

伏し目がちに膝をすすめると、弥八が得々と喧嘩の顛末を喋りはじめた。

仁兵衛と若旦那は酒を舐めながら、興味もなさそうに聞いている。

「……ま、そういったわけで、あっしは髷を飛ばされずに済みやした。欲を言えばこちらの先生が、ずんばらりんとそいつを斬っちまえばよかったんですがね。けっ、仏心を出したばっかりに逃しちまって」

弥八は溜息を吐き、据わった目でこちらを睨みつける。

仁兵衛は眸子をほそめ、おもむろに口をひらいた。

「おまえさん、どこかで逢ったことはないか」

「いいえ」

「ならよいが」

なおもじっくりみつめられ、三左衛門は息苦しくなった。

いざとなれば、この場で白刃を抜くしかあるまい。

助け船を出してくれたのは、意外にも弥八だった。

「濱屋の旦那、どこにでもある顔だから、そんなふうにおもうんですよ。この先生、ぜんぜん強そうにみえねえでしょ。そこがミソなんです、げへへ」

なにがミソなのか、よくわからないが、ともかく疑われずに済んだ。

宴はおひらきとなり、代官はじめ呼ばれた客は帰っていった。

妙なことに、濱屋と若旦那だけは仕舞いまで残っている。

弥八と手下数名、三左衛門も残り、しばらく酒を舐めていた。

すでに、亥ノ刻（午後十時）を過ぎている。

賑やかしの連中はもちろん、茶屋の女中すら顔をみせない。

何かあるな、という予感がはたらいた。

仁兵衛が眉間に縦皺を寄せ、低い声をしぼりだす。

「弥八、宴はまだ終わったわけではないよ」

「へ、そいつはまたどういうこって」

「この場に残った連中は、心して聞いてもらいたい。じつは、鼠を一匹捕まえたのさ」

「鼠ですかい」

「ああ、その鼠、例の人参大福帳を狙っておったのよ」

「げっ、てえことは幕府の隠密でやんすね」

「ふむ」

弥八も悪事の一端を知っている。

三左衛門は、咽喉仏を上下させた。

「じつはな、隣部屋に連れてきておる」

仁兵衛は、ぱんぱんと手を打った。

襖(ふすま)がすっと開いた刹那、三左衛門は声をあげそうになった。

雁字搦(がんじがら)めに縛られた男が、畳のうえに転がされている。

したたかに撲(なぐ)られて面相は変わっているものの、あきらかにそれは、嘉平であった。

「あれ、番頭じゃねえか」

弥八が、素(す)っ頓狂(とんきょう)な声をあげる。

「さよう、何とこやつが鼠であったわ」

「どうして、わかったので」

「若旦那がお知恵を貸してくれたのよ」

「え、だって、江戸からやってきたお方なんでしょう」

「こちらは早瀬(はやせ)さまと仰ってな、会津のご家老さまの命を受けた間筋(かんすじ)のお方なのさ」

間筋の者とは間諜(かんちょう)のことだ。萩原調所の子飼いなのであろう。

それにしても、嘉平が隠密だったとは。

おもわぬ展開に、三左衛門は戸惑いを隠しきれない。

　弥八は傷ついた嘉平に近づき、横腹をずんと蹴りあげる。

「この野郎、さんざ、でけえ面しやがって」

「弥八、やめておけ」

「へえ。でも旦那、どうやって鼠を罠に掛けたんで」

「偽の大福帳を餌にしたのさ。そうしたら、さっそく、食いついてきやがった」

　偽物は蔵の奥に仕舞っておいた。

「わたしだけしか知らぬ在処を、そっと教えてやったのだ。なにせ、嘉平は店に来て三年にもなる。これほど機転の利く男はおらぬゆえ、わたしもすっかり信用しきっておった。もう少しで騙されるところを、早瀬さまに救っていただいたというわけだ。ふふ、本物を蔵なぞに置いておくはずはない。裏帳簿は商人にとって、命のつぎにだいじなもの。いつも肌身離さずに携えておるわさ、ほれ」

　仁兵衛はかたわらに置いた行李から、大福帳をこれみよがしに取りだした。

「表に不老長寿と記してあろう。これが本物の人参大福帳よ」

　縛られた嘉平が、口惜しげに目を剝いた。

　三左衛門は空唾を呑む。

　この機を逃がす手はない。

「さあて、早瀬さま、この鼠、どう始末をつけましょうかね」

「どうせ、何を聞いても喋るまい」

「あの世へ逝ってもらいますか」

「そうだな」

早瀬が残忍そうな笑みを浮かべ、すっと一歩近づいた。

「寄るな」

縛られた嘉平が、憎々しげに吐いた。

「始末は自分でつける」

ぬぐっと、鈍い音が聞こえた。

「けっ、舌を噛みやがった」

弥八が畳に唾を吐く。

早瀬は命令口調で発した。

「濱屋、屍骸の後始末を頼む。焼くにしろ、埋めるにしろ、顔を潰しておくのだぞ」

「承知しておりますよ。しかし、隠密というのも辛い商売ですな。素姓を隠して役目に励み、用無しになったら顔を潰される。津川の濱屋に嘉平という番頭がいたことも、半年もすればみんな忘れちまうことでしょう」

「濱屋、ずいぶん、しんみりした物言いではないか」

三左衛門は、我慢できずに吐きすてた。

「ん」

「死んだ者に罪はない。懇ろに葬ってやれ」

「なんだと。用心棒の分際で出過ぎた口を叩くな」

「減らず口は生まれつきでな」

三左衛門は滑るように身を寄せ、しゅっと小太刀を抜いた。

「のわっ」

濱屋の鼻先で、小太刀の切っ先がぴたりと静止する。

「こいつは貰っておこう」

三左衛門は行李を踏みつけ、人参大福帳を拾いあげた。

「おい先生、冗談は抜きにしようや」

弥八が脇から声を掛けてくる。

早瀬は短刀を抜き、爪先で躙りよってきた。

「おっと近づくな、こいつをぶすりとやるぜ」

「やめろ、やめてくれ」

濱屋は顎を震わせた。

「ふん、やってみるがよい」

早瀬はうそぶき、にやりと笑う。

「ちっ」

三左衛門は、舌打ちをした。

「調所にとってみたら、こいつも蜥蜴の尻尾にすぎぬか」

濱屋の額に玉の汗が浮かんでいる。

「そいっ」

早瀬が鋭い踏みこみから、刃を突きあげてきた。

ひょいと躱すと、早瀬の刃の先端が濱屋の咽喉に刺さった。

「ぐふっ」

刃を抜くや、鮮血が紐のように噴きだす。

早瀬は返り血を顔に浴び、睫毛を瞬いた。

「うぬ、くそっ」

三左衛門のすがたは、早瀬の眼前にない。

「後ろ、後ろ」

弥八が叫んだ。

「ぬりゃっ」

早瀬は猛然と振りむき、刃を薙ぎはらう。

つぎの瞬間、口から血を吐いた。

脇胴を、深々と剔られている。

「げっ」

驚いた弥八は首筋を峰で叩かれ、棒のように倒れてゆく。

刃向かおうとする乾分は、ひとりもいない。

「長居は無用」

三左衛門は濡れ縁を蹴り、はっとばかりに庭へ飛びおりた。

## 十三

二日後、三左衛門と虎之介のすがたは、関山宿の『やまと屋』にあった。

追及の手を逃れて、津川から会津城下を抜け、何とか『やまと屋』までたどりついたのだ。

途中、勝常寺に立ちより、月心に経緯を伝えておいた。ここで待っていれば、長兄の虎太郎と藪本源右衛門が馳せさんじてくれるにちがいない。

陽も暮れてかなり経過したころ、期待どおり、ふたりはやってきた。

「兄上、人参大福帳を手に入れましたぞ」

「そうか、ようやった」

「浅間さまのおかげです」

虎之介が堰を切ったように喋る内容を、長兄は浮かない顔で聞いていた。

隣に座る源右衛門も、心なしか暗い表情だ。

何かあったなと、三左衛門は察した。

「じつはな、虎之介、おぬしに藩へ戻らぬかというはなしがあった」

「え」

「復縁じゃ。正直、あまりに唐突で驚いておる」

来し方の罪はいっさい不問にし、病気療養中であったということにする。そのうえで、虎之介を馬廻り役に任ずるというのだ。

「馬廻り役」

「ああ、そうだ」

うまいはなしには裏がある。

虎太郎は、苦虫を嚙みつぶしたような顔をした。

「組頭さまから内々にはなしがあった。萩原調所の差し金であることは明白、五色屋の一件と繫がっているにちがいない」

「敵があの一件とわたしを結びつけたと仰るのですか」

「おそらくな」

「会津に戻っていることが、なぜ知れたのでしょう」

「わからぬ。市中でおぬしを見掛けた者があったのやもしれぬ。誰ぞ、声を掛けられた者はおらぬか」

「おりませぬ」

虎之介は、きっぱり応じてみせる。

「ふうむ。ともあれ、こたびの復縁は一見懐柔策（かいじゅうさく）のようだが、じつは脅しにほかならぬ」

「え」

「復縁を受けられぬと返答いたせば、天童家を断絶に追いこむ腹なのさ」

「なんと」

「困った」

虎太郎に選択の余地は与えられていない。

復縁話を受けるも地獄、断るも地獄、萩原調所は詰めの一手を打ってきた。

「兄上、どうなさるのです」

「ふふ、腹でも切るか」

「そんな」

「おぬしを復縁させれば、悪の根を断つ機会は失われよう。それでも家を守るべきか、あるいは、おのれの正義を貫くべきか」

正義を貫けば、早晩、一族郎党(ろうとう)は路頭に迷うやもしれぬ。

国家老の牙城が容易なことで崩れるとはおもえぬからだ。

虎太郎は家長として、はらわたが捩(よじ)れるほど悩んでいる。

それがわかるだけに、虎之介も黙りこむしかなかった。

「虎之介、江戸の暮らしはどうだ」

虎太郎はふいに話題を変え、つとめて明るく訊ねてきた。

「長屋暮らしは、しんどいであろうな」

「いいえ、いっこうに」

「そうか」

「長屋の連中はけっして、高望みをいたしません。日々の小さな幸せをだいじにし、困ったことがあれば助けあう。もちろん、ときには依怙地にもなります。長屋の秩序を乱すものは、結束して排除しようとする。それが忌々しく感じられることもありますが、根っこのところでは誰もがみな、情けある心を持っております」

長屋に暮らしていると、しきたりにとらわれた武家奉公や出世争いが莫迦らしくなってくる。金儲けにしても、頓着しなくなる。金なんぞなくとも、生きていける。出世や金儲けよりも、人の情けに触れることのほうが、遥かに尊いものにおもえてくる。

「長屋暮らしをしてはじめて、わたしはそのことに気づかされました。ゆえに、今の暮らしから離れたくないのです」

「ふむ、さようか」

虎太郎は、感慨深げに頷く。

「おぬしの気持ちは、ようわかった。わしも腹をくくらねばなるまい」

「ご当主どの、立派なご決断にござる」

かたわらに坐す源右衛門が、涙目で言い切る。

「武士が何よりも守らねばならぬもの、それは家門にほかなりませぬ。されど、そのために信念を枉げれば、もはや、武士ではなくなる。生ける屍にすぎませぬ。いかに強大な相手でも、立ちむかうのが天童家の家風にござる」

「よう言うてくださった。叔父上にもご迷惑をお掛けしますな」

虎太郎はお辞儀をし、かたわらに置いた風呂敷の包みを開いた。

一冊の分厚い帳面を拾い、目のまえに差しだしてみせる。

帳面の表紙には、墨字で「不老長寿」と大書されてあった。

「これは、人参大福帳」

「さよう。今は亡き人参奉行のもとから苦労して手に入れた。これで裏帳簿が二冊揃ったというわけだ」

二冊の日付や数値を突きあわせて合致すれば、悪事の有力な証拠となろう。

「ここまできて、あきらめる手はない。たとい、天童家が断絶の憂き目に遭おうとも、突きすすむしかあるまいが」

「兄上」

「いまだ、若干の猶予はある。この二冊をどう使うか、策を練らねばな」

「はい」

ここで、三左衛門が膝をすすめた。

「ご当主、敵の誘い、乗ってみてはいかがでしょうな」

「え」

「御礼という名目で、萩原調所のもとへおもむくのです。おそらく、敵にとってもおもうつぼ、罠を仕掛けて待ちかまえるに相違ない。なにせ、弟御を抹殺したいのは山々でしょうからな」

「敢えて火中に飛びこみ、活路を見出す。そういうことですか」

「先方がやる気なら、こちらも受けて立つしかありますまい。狙うは家老の首ひとつ、いかがかな」

「ふうむ」

「まんがいち討ち損じても、こちらには切り札の裏帳簿がある。天童家を潰すと脅されたら、裏帳簿をちらつかせてやればよい。おおやけにするぞと逆しまに脅しを掛ければ、敵は新たな取引を持ちかけてきましょう。それを受けるか否かは、まださきのはなし。ともかく、こたびは悪の根を断つ好機にほかなりませんぞ」

「たしかに、敵の裏を掻く妙手やもしれぬ。会津には、奸臣は速やかに処断すべしとの不文律がござってな」

「まさに、それですよ」

「兄上」

虎之介が膝で躙りよった。

「調所の首、わたしに討ちとらせてください」

「できるかな、おまえに」

「かならず、やり遂げてみせます」

末弟に決死の覚悟をみせつけられ、虎太郎は溜息を吐いた。

「浅間どの、これは命懸けの仕掛けです。虎之介はよいとしても、貴殿を巻きこむわけにはいかぬ」

「もとより、命を捨てる所存ですよ」

「何を仰る」

「あはは、お節介焼きが高じて、拙者は陸奥までのこのこついてきた。会津城下でも津川でもひとを斬り、もはや、後戻りはできなくなりました。悪党の親玉を退治せぬかぎり、江戸には戻れませんよ」

「浅間どののご覚悟、天童家に関わりのある者はみな肝（きも）に銘じておかねばなりますまい。ならば、どうかひとつ、虎之介をよろしくお導きください」

「おまかせあれ」

三左衛門は勢い良く胸を叩き、げほっと咳きこむ。

笑いが漏れ、張りつめた空気がほんの少し和（やわ）らいだ。

## 十四

江戸では寒の入りを迎え、越後や信濃（しなの）から出稼ぎの椋鳥（むくどり）たちが雪崩（なだ）れこんでいることだろう。

去年の今時分は雪見舟を仕立て、隅田川を三囲稲荷のあたりまで遡上（そじょう）していった。

おまつはおきちを孕（はら）んでいたが、さほど腹の大きさも目立たず、おすずとともに屋台で買った焼き芋を美味（うま）そうに食べていた。雪は降りはじめで積もるまでにはいたらず、白けた気分で帰ってきたものの、焼き芋を食べるおまつとおすずの幸せそうな顔だけは今でも忘れられない。

会津までやってきたことを、少しばかり後悔している。

今年はおきちも雪見舟に乗せてやりたいとおもえば、命が惜しくなってきた。

虎太郎は上役を通じ、復縁の受諾を伝えた。

萩原調所の自邸へ御礼に伺いたいとの旨を願いでると、予想どおり、先方は内々に日時を指定してきた。

いよいよ、その日を迎えた正午頃、虎之介が「行きたい場所があるので付き合ってほしい」と言ってきた。

足を向けたさきは城下の北西郊外、会津坂下村の外れである。

朽ち葉を踏んで緩やかな坂道を登ると、路傍に六地蔵が仲良く並んでいた。

「ここは」

「幼いころ、よく遊びにきました」

何か、特別の思い出でもあるのだろうか。

「火事場で見えた娘、憶えておられますか」

「目付の娘御で、名はたしか美貴」

「そうです。十二のころ、ふたつ年下の美貴どのと将来の約束を交わしたのが、この場所でした」

「ほう」

「勝負のときをまえに、来てみたくなりましてね」

わかる気がする。

合戦にのぞむ武者の心境に近い。

この世への未練を断ちきるべく、思い出の地を訪れたのであろう。

「兄なら、美貴どのの近況を知っていたにちがいない。でも、訊ねることはできませなんだ。知りたくなかったのかもしれません。どうせ、いっしょになることができない相手ですから。これがわたしの運命なのでしょう。何人といえども、運命に抗うことはできません」

一陣の風が吹き、枯れ葉が宙に舞った。

みやれば、武家の主従が坂道をゆっくり下ってくる。

主人は薄紅色の着物を纏った女性で、菅笠をかぶっていた。

挟箱持ちと女中がひとり、付きしたがっている。

虎之介は主従をみつけ、石地蔵のように固まった。

「もしや、美貴どのか」

三左衛門は驚くと同時に、ふたりの数奇な運命をおもわざるを得ない。

美貴は坂の途中で立ちどまり、菅笠をかたむけた。

わずかに躊躇したのち、いくぶん急ぎ足で坂を下りてくる。

頬を桜色に上気させたその顔は、火事場で目にしたときの印象とはずいぶんちがう。哀愁を帯びたような翳りは微塵もない。溌剌として、好奇心の強そうな娘であった。

「虎之介さま」

美貴は元気良く叫び、小走りに駆けてきた。

「会津に戻っておられたのですね。父に申しましたの、火事場で虎之介さまをお見掛けしたって。父はそんなことがあるわけないと、わたしを叱りました。でも、やっぱり……戻っておられるなら、六地蔵を訪ねてこられる。そうおもって、こうして毎日……きっと、お逢いできるとおもっておりました」

美貴は喋りつづけ、虎之介は黙然と聞いている。

三左衛門はふたりから、少し間合いを取った。

「美貴どの、二年ぶりですね。あなたは少しも変わっていない」

「虎之介さまも」

「はは、わたしは変わった。月代もこのように伸び、むさ苦しい浪人者になりさがってしまった」

「かえって、凛々しくみえまする」

「おやめくだされ」

虎之介は照れたように笑い、きゅっと顔を引きしめた。

「美貴どの、今はどうなされておられる」

「一年半前、同じ御目付の家に片付きました」

「あ、そうでしたか」

「もう、矢島家の者ではありません。半年前に男の子も授かりました。こうみえても、母親なんですよ」

「ほう」

虎之介は冷静を装いつつも、あきらかに動揺している。

傍から眺めていると、痛々しい感じだ。

「火事のあった夜はたまたま、父が江戸から戻っていたものですから、実家を訪ねておりました」

「お父上は、ふだんは江戸におられるのですね」

「はい、一年前から定府に」

「それはそれは」

「虎之介さま、お嫁さんは」

「恥ずかしながら、まだ独り身です」

「そうでしたか」

美貴はほんの一瞬、うろたえた顔をした。

「虎之介さま、ほら、右端のお地蔵さん、耳がひとつ欠けているでしょ。どなたがやったか、憶えておられますか」

「忘れるはずもない、あれは十五の夏、悪友の安名文造が斬りつけた跡だ」

「そのとおり。わたしは今、安名家の嫁なのですよ」

「え、では、文造の」

「はい」

虎之介は、がっくり肩を落とす。

将来を誓いあった相手は悪友のもとに嫁ぎ、跡継ぎまで産んでいたのだ。

それを屈託なく伝える美貴の態度が恨めしい。

残酷といえば、あまりに残酷な仕打ちではないか。

「美貴どの、どうして、あなたはここに来られたのです」

「申しあげたでしょう。虎之介どのにお逢いしたかったのでございます」

「だから、どうして」

「そんなふうに聞かれても、よくわかりません。ただ、逢いたい。懐かしいお顔をみたかった。それだけでは、いけませんか」

「いいえ、充分です」

憑き物が落ちたかのように、虎之介はにっこり笑いかけた。

もはや、この世に未練はない。あとは死地へと向かうだけだ。

「虎之介さま、これからどうなさるの」

「江戸へ戻ります」

「つぎは、いつ会津へ」

「さあ、いつになることやら」

「きっと……きっとまた、いらしてくださいね」

美貴は最後にそう言い、大粒の涙をこぼす。

十七の娘は一生懸命、気丈さを装っていたのだ。

それと気づかされても、虎之介に動揺の色はない。

ふたりの心がどうであれ、時を戻すことはできないのだ。

## 十五

敵は直前になって、行き先を変更してきた。城にほど近い本邸ではなく、城下の北西にある離れ屋敷のほうへ参じよというのだ。

「いよいよ、敵もやる気だな」

三左衛門は、逸る気持ちを抑えかねた。

離れ屋敷は藩校の日新館を過ぎたさき、川に面した物淋しいところに建っている。

おもむくのは虎之介と従者に化けた三左衛門、ふたりだけだ。

まがりなりにも相手は国家老、本来なら虎太郎や上役も同伴すべきところだが、先方からその義にあらずとのお達しが届けられた。

あくまでも、隠密裡に事を運ぼうという腹が透けてみえる。

「ふたりなら、楽に仕留められると踏んだか」

「ま、そんなところでしょう」

屋敷では、腕自慢の者たちが待ちかまえていることだろう。

聞けば、萩原調所自身も管槍の名手であるという。

刻限は戌ノ五つ（午後八時）に近い。

夕餉に招かれるにしては遅い時刻であった。

「雪が降ってきそうだな」

三左衛門は襟を寄せ、ぶるっとからだを震わせる。

「どうだ、覚悟は決めたか」

「はい」

「人を斬るのは、たやすいことではない。ならば、相手を人とおもわぬことだ。南瓜だとおもえ」

「はあ」

「会津二十三万石の家老も南瓜にすぎぬ。そうおもえば、自然と腹も据わる」

「なるほど」

暗い川面に、ぽちゃんと魚が跳ねた。

「鯉です」

「ほう」

「この辺りでよく釣りをやりました。萩原邸の塀に石をぶつけ、門番の怒声を背中で聞きながら逃げたりもした」

「それなら、逃げ道はよく知っておるな」

「おまかせください」

ふたりは離れ屋敷の正門までやってきた。

門を敲く(たた)と、脇の潜り戸が開き、目つきの鋭い用人が顔を差しだす。

「どうぞ」

慎重に潜り戸を抜け、門の内へ踏みこむ。

武装した者たちの影はない。

玄関脇に篝火が焚かれ、見張りがひとり立っている。

「中庭におまわりくだされ、ご家老さまがお待ちかねでござる」

ふたりは玄関ではなく、左脇の簀戸(すど)から中庭に招じられた。

石灯籠のかわりに篝火が点々と焚かれ、何やら物々しい感じがする。

中庭を通りすぎ、濡れ縁に向かった。

離室(はなれ)の襖は開かれ、灯りが煌々(こうこう)としている。

濡れ縁にも廊下にも、蹲い(つくば)同心よろしく、用人たちが控えていた。

その数は五、六人、ほかにも腕の立ちそうな連中が潜んでいる気配はある。

問答無用で斬りかかってくる腹であろうか。

いや、そうでもないらしい。

「天童どの、濡れ縁へお上がりませ」

さきほどの用人が命令口調で言った。

虎之介は草履を脱いで濡れ縁にあがり、大刀を鞘ごと抜いてかしこまる。

「ご従者はこれへ」

三左衛門は命じられたとおり、凍えた地べたに片膝をついた。

「ご家老さま、ご出座」

朗々とした声が響き、堂々たる体軀の人物が登場した。

鯊の張った鯊顔にぎょろ目、髪は黒々と染めている。

まちがいない、萩原調所だ。

床の間を背にして座り、脇息に凭れかかる。

おもむろに痰壺を引きよせ、

「ふん」

手鼻をかんだ。

かたわらには、瓜実顔の若侍が太刀持ちよろしく控えている。

陰間であろうかと、三左衛門は勘ぐった。

虎之介は平伏している。

「面をあげい」

調所の声が掛かった。

「天童虎之介、久方ぶりじゃのう」

「は」

「月代も剃らずにまいったか。あいかわらず、礼儀をわきまえぬやつめ」

「ご容赦くださりませ。なにぶん、旅の途上ゆえ」

「旅とな、おぬしは藩外追放の身、本来なれば縄を打たれてしかるべきところであろう」

「仰せのとおりにござります」

「わしはおぬしを、まだ正式に推挙したわけではない。なにせ、馬廻り役は藩士羨望のお役目じゃからな、藩にいちど弓引いた者を推挙してよいものかどうか、慎重に考えねばならぬ」

「それでは、はなしがちがいます」

「おほ、怒ったか。ま、おぬしの返答次第では馬廻り役にしてもよい」

「と、申されますと」

「わしの犬になれ」

「え」

「わしの命に背くな、生涯、忠誠を尽くすのじゃ。たとえば、そうじゃな、わしの足の裏でも舐めてみよ」

「な」

「できぬか、ぬふふ、できぬであろうな。わしの足を舐めたときから、おぬしは武士ではなくなるのじゃ」

「ぬぐ」

虎之介の歯軋り(はぎし)が聞こえてくるようだった。

が、ここは怒りを押し殺し、足の裏を舐めてやるがいい。

それが調所に近づく唯一の方法なのだ。

今の間合いでは逃す公算が大きい。

「かしこまりました」

三左衛門のおもいが通じたのか、虎之介は凜々しく応じてみせた。

調所は、意外な返答に驚きの色を隠せない。

用人に顎をしゃくった。

「これへ」

「は」

目つきの鋭い用人は、虎之介に向きなおる。

「お刀を預からせていただきます」

虎之介は大刀は無論のこと、脇差も奪われた。

が、ここまでは想定していたことだ。

「近う寄れ」

「は、ご無礼つかまつる」

虎之介はすっと立ち、滑るように畳をすすむ。

用人たちは緊張し、柄に手を掛ける者もいた。

三左衛門は息を吞む。

勝負は一瞬にして決さねばならぬ。

できるか、虎之介。

「待て」

調所ではなく、瓜実顔の若侍が声を発した。

虎之介は立ちどまる。

瓜実顔は片膝立ちになり、ぐっと三白眼に睨みつけた。

「ご家老さま、この者、尋常ならざる殺気を放っております。おそばに近づけぬほうがご賢明かと」

「控えよ、差し出口をきくでない」

「はは」

「天童虎之介は三虎の末弟、わが殿お気に入りの小姓であった。腐っても鯛という諺があろう。まさしく、虎之介がそれよ。紛う事なき武士に足の裏を舐めさせる快感は、なかなかに得難いものじゃ」

調所は足袋を脱いだ。

そっくり返り、毛むくじゃらの臑と汚れた足の裏を差しだす。

「ほれ、舐めてみよ」

全員の目が、虎之介に集中する。

三左衛門だけは何をおもったか、すっと立ちあがった。

愛刀の小太刀を抜きはなち、やっとばかりに投げつける。

蒼白い刃が糸を引き、虎之介の鬢を掠めて床柱に突きささった。

調所の背後だ。

突きささった刃は、小刻みに震えている。

調所は声も出せず、ぎょろ目を瞠っていた。

何が起こったのか、にわかに判断できない。

「うわっ」

気づいたときは遅かった。

「けえ……っ」

虎之介が宙を飛んでいる。

床柱から小太刀を引きぬき、振りむきざま、大上段から斬りおとす。

「ぬひぇ……っ」

調所は咄嗟に頭を逸らした。

刹那、右腕が肘から落ちた。

「うわっ、ご家老さま」

瓜実顔の若侍が、脇から管槍を突きだした。

虎之介は何とか躱す。

が、調所にとどめの太刀を浴びせられない。

「討て、討ちとれ」

我に返った用人たちが、白刃を殺到させた。

「死ね、下郎」

三左衛門も、左右から斬りつけられる。

地べたに転がり、虎之介の大小をつかんだ。

斬りかかってくる用人の鳩尾(みぞおち)に、ずんと柄頭を埋めこむ。

ひとり倒れた。

「虎之介、逃げろ、逃げるのだ」

襖が倒れ、傷を負った用人が廊下から転げおちてくる。

つづいて、虎之介が飛びおりてきた。

返り血を浴びた鬼のような形相だ。

「浅間さま、さきにお逃げください。調所は死んでおりません……とどめを、とどめを刺さねばなりませぬ」

「もうよい、こっちへ来い」

三左衛門は叫びながら、用人ひとりを斬った。

ぱっと血煙が舞い、目のまえが真っ赤になる。

さらに、別のひとりを斬った。

「虎之介、あきらめよ」

腕を伸ばし、虎之介の襟首をつかむ。

「逃げるのだ、わからぬのか」

「くそっ」

虎之介は、悔し涙を浮かべてみせる。

ふたりは足を縺(もつ)れさせながら、簀戸に向かった。

「逃がすな、逃がすでないぞ」

瓜実顔の若侍が濡れ縁に仁王立ちになり、必死に喚き続けている。

「やつは陰間だな」

三左衛門がつぶやくと、虎之介は力なく笑った。

小太刀を握った右の拳が、小刻みに震えている。

無理もない。生まれてはじめて人を斬ったのだ。

が、相手は悪党、斬らねばならぬ事情があった。

「行け」

三左衛門は虎之介の背中を押し、追いすがる用人に斬りかかった。

用人は数を増し、いまや、庭に溢れかえらんばかりになっている。
ただし、門の守りは手薄だ。
切りぬけられる余地はある。
「虎之介、走れ」
おぬしは、ようやった。
生きて窮地を脱することができたら、ちゃんと褒めてやらねばなるまい。
三左衛門は、そうおもった。

# 雪見舟

## 一

師走(しわす)になった。

会津の地酒とわっぱ飯が懐かしい。

「わっぱ飯って」

おすずに聞かれ、三左衛門はにっこり笑う。

「固く炊いた飯を蒸籠(せいろう)に移してな、山菜や魚貝を載せて蒸すのさ」

これを鰊(にしん)の山椒(さんしょ)漬けなぞといっしょに食う。

もちろん、勝常寺で月心から馳走になったこづゆの味も忘れられない。

「これがまた、美味でなあ」

「ふうん」

おすずは興味なさそうに、お手玉をやりはじめる。

江戸に戻って五日が経ち、いつものありふれた営みがはじまった。

「おまえさん、それじゃ行ってきますよ」

「ふむ」

おまつはおすずを連れて、女中奉公の口をみつけに出掛けた。

手習いを終えたおすずは、早いもので、働いて稼がねばならぬ年頃になった。

おきちはといえば、畳のうえで元気良く泣いている。

露地裏からは棒手振りの魚を値切る嬶ァの声が聞こえ、走りまわる洟垂れどもの歓声が冬日和の青空に響いていた。

陸奥への旅は夢のようで、良いことも悪いことも実際にあった出来事とはおもえない。濃密なときをともに過ごした虎之介でさえも、数日逢わぬうちに印象が薄らいでゆくようだった。

物事は何ひとつ解決していない。悪事の黒幕とおぼしき国家老の右腕を斬りおとし、後をもみずに江戸へ逃げかえってきたのだ。萩原調所の生死はわからず、事態がどう転んでいるのかも把握できていなかった。

能天気なほどの穏やかさが、嵐の前兆のようにおもわれてならない。

泣きやまぬおきちのおしめを替えていると、白髪の老臣が訪ねてきた。

「お邪魔いたしまする」

「おっ、これはこれは」

藪本源右衛門である。

「いつお戻りに」

「昨晩でござる。鎌倉河岸の辰五郎店を訪ねてみたが、虎之介は留守にしておりました。大家の善助によれば、ほとんど長屋におらぬらしい。浅間どの、行き先を聞いておられぬか」

「いいえ、何も」

「さようか」

「ま、お座りください」

源右衛門が上がり端に座ると、おきちは泣きやんだ。

「尻を替えてもらって、ご機嫌になったとみえる。赤ん坊は正直じゃのう」

「仰るとおり」

「にしても、ひとたび刀を持たせれば鬼神のごとく立ちまわる貴殿が、裏長屋でおむつ替えとはなあ。世の中、わからんものじゃ」

「ところで、敵の様子はいかがです」

「凪じゃな」

「凪」

「妙に静まりかえっておる」

少なくとも、萩原邸における刃傷沙汰はおおやけにされていない。したがって、虎之介は罪人として定められておらず、天童家にも捕り方の手はおよんでいなかった。

「萩原調所の生死は」

「生きておるわ、しぶとくなあ。しかも、城下で闇討ちに遭ったなどと、妙な噂を流しておる」

「闇討ちですと」

「いかにも。調所はあれだけの性悪者、藩内には敵も多い。なかでも、江戸家老の別所刑部さまとは犬猿の仲、折に触れて国元と江戸で張りあっておるのじゃが、こたびも別所さまに刺客を差し向けられて利き腕を失ったと、配下に妄言を吐かせておるようじゃ」

「窮地を逆手にとり、敵対する相手を蹴落とす腹ですな」

「さよう、転んでもただでは起きぬ男さ」

「ひとり、気になる者がおりました。調所の脇に侍る瓜実顔の若侍です。あれは」

「綱木数之進、足軽長屋の出だが、調所の目に留まり、さきごろ、馬廻り役に抜擢された。陰間ではないかとの噂もある」

「やはり」

「剣はできる。会津五流のひとつ、太子流の遣い手でな、同流には小太刀の秘技があるらしい」

「下段留ですな」

「ん、ご存じか」

「わたしも小太刀をやりますゆえ」

「おう、そうであったな」

太子流の『下段留』は小太刀を右半身の片手持ちで膝上に構え、つねに峰を返して相手の剣先に向ける。そして、峰で受けとめた刹那、刃を返して反撃に転ずる技だ。この技を遣う相手と見えたことはないが、みずから型を験したことはある。

　三左衛門は、さらりと話題を変えた。

「藪本どの、不老長寿の裏帳簿はどうなされた」

「わしが預かってまいった」

「おはなしにあった江戸家老に訴えたらいかがです」

「別所さまでは裁きに公正を欠く恐れがある」

「いまさら、公正もへったくれもありますまい」

「いいや、公正を欠けば将来の範とならぬ。第二、第三の調所を生む要因(もと)ともなろう」

「なれば、どなたか、ほかに心当たりは」

「おひとかた、定府の御目付がおられる。矢島左近さまじゃ」

「存じておりますよ。娘御が虎之介どのの許嫁(いいなずけ)であったとか」

「さよう。矢島さまは今は亡き天童虎雄のご朋輩、気脈の通じあう間柄じゃった。毒殺された虎雄の最期を看取(みと)ったのも、矢島さまでのう。父を失ったあと、天童家の三兄弟はひとかたならぬお世話になった。美貴どのは矢島家の次女でな、父親同士が懇意にしておったもので、虎之介との縁談もとんとん拍子にすすんでおった」

「ところが、美貴どのは他家へ嫁いでしまわれた」

「詮方あるまい。人の運命とは、こうしたものかもしれぬ。ともあれ、当主虎太郎の意向でもある。御上屋敷に矢島さまをお訪ねし、こたびの経緯をつまびらかにご説明申しあげようかとおもう。浅間どの、貴殿もおはこびくださらぬか」

証人として必要なら、同席せねばなるまい。

「承知しました」

迷わずに応えると、源右衛門は深々と頭をさげた。

二

夕刻、三左衛門は鎌倉河岸の辰五郎店を訪ねてみた。

「こら、銭を払え」

木戸番の善助は、洟垂れ相手に焼き芋を売っている。

丸ごと蒸し焼きにする壺焼きの芋だ。

「よう、善助」

「あっ、旦那」

「美味（うま）そうだな」

「へへ、そりゃもう、川越産（かわごえ）ですからね」

「土産（みやげ）に買ってゆくかな」

「とっときますよ。天童さまのとこへいらしたんでしょう」

「おるのか」

「ええ、ついさきほど、ふらりと帰ってこられましたよ」

「そうか、ならば芋を三つ頼む」

「かしこまり」

三左衛門は木戸を抜け、虎之介の部屋に向かった。

「ごめん、邪魔するぞ」

「あ、浅間さま」

「どうした、目が赤いな。寝ておらぬのか」

「江戸に戻ってから、ずっと悪夢に魘（うな）されっぱなしで」

「悪夢だと」

「はい、熊澤典膳に敗れる夢です」

虎之介は殿様の命で御前試合にのぞみ、熊澤から完膚無（かんぷな）きまでに叩きのめされる。「勝負あり」という国家老の声で目覚めてみると、いつも全身にびっしょり汗を掻いているのだという。

それは小姓として殿様の脇に侍り、目の当たりにした光景にすぎない。曇天のもと、熊澤典膳と対峙しているのは、白鉢巻きに白襷を掛けた次兄の虎二郎であった。試合前日に刺客を送られ、利き腕に深手を負わされた。それでも、痛みはつゆほども顔に出さず、凜々しいすがたで勝負に挑んでいた。対する熊澤は媚茶の筒袖に伊賀袴、黒鉢巻きに黒襷、手甲と脚絆まで黒で統一し、余裕の笑みを浮かべている。

尋常な勝負でも実力は伯仲、もしくは、熊澤に分があると評されていた。怪我を負った身では、まんにひとつの勝機も見出せまい。

虎之介は冷静に判断しつつも、次兄のことばを信じたかった。天童家に伝わる真天流には『蜘蛛足』の秘技がある。木刀では使えないが、工夫をこらして、かならずや勝ちを拾ってみせると、次兄は言ってのけたのだ。

――立ちませい。

号令が掛かり、双方は蛤刃の木刀を相青眼に構えた。

無論、虎之介も蜘蛛足の型は知っている。だが、虎二郎ほどに修練を積んではいない。蜘蛛足をほぼ完璧に体得した次兄の虎二郎こそが、天童家三兄弟のなかでは最強と目されていたのだ。

勝負は一瞬で決まった。

木刀の先端を合わせるや、熊澤は虎二郎の右籠手を叩き、勢いのままに脇胴を打ちすえた。

虎二郎はその場に蹲り、立ちあがることもできなかった。

いや、息をすることさえ、ままならなかったにちがいない。

――勝負あり。

嬉々として声をあげたのは、最前列に陣取った萩原調所であった。

藩主の容敬は苦い顔をつくり、何も言わずに席を立った。

虎之介は唇を噛んだ。

兄は負けたのではない。罠に塡められたのだ。

容敬に向かって、そう叫びたかった。

戸板に乗せられた虎二郎は右手の骨を粉々に砕かれ、腎ノ臓を破裂させていた。

それでも、九死に一生を得たのは、日頃の鍛錬のたまものだった。いずれにしろ、秘技の蜘蛛足を披露するまでもなく、虎二郎は敗れてしまった。より正確に言えば、そもそも、木刀の申し合いで蜘蛛足を使うことには無理があった。どう無理なのか、虎之介は語らなかった。が、やはり、それは真天流の極意を知る者にしかわからぬことなのだろう。

兄弟は敗北の裏にあった事情を、誰にも喋らなかった。

天童虎二郎は尋常の勝負に負けたのだと、殿様はじめ家中のものたちはみな、おもいこんだ。

「どれだけ惨めであったことか、わたしには次兄の口惜しさが手に取るようにわかりました。わたしなら、その晩、自害して果てたかもしれない。でも、兄はおもいとどまった。ここで死んだら犬死にも等しい。いずれ借りを返すときがくるまで、臥薪嘗胆、恥をしのんで生きつづけよう。そう言って、涙をにじませたのです。兄は出家し、おもいをかなえることができなくなりました。わたしは兄の意志を継ぎ、熊澤を討ちたい。いや、討たねばならぬ。そう、心に決めておきながらも、恐怖がさきに立って仕方ないのです。まんにひとつも勝ち目はない。兄の負け試合を目に焼きつけたことで、臆病風に吹かれてしまったのでしょう」

「それほどまでに深いおもいがあったとはな」

「申し訳ございませぬ。つまらぬおはなしを聞かせてしまいました」

「気にするな。かりに、熊澤と対峙することがあっても、おぬしには充分に勝機がある」

「なぜです」

「熊澤がな、まだ蜘蛛足を知らぬからよ」

虎之介は黙った。

おのれの未熟さを嚙みしめているような顔だ。

「無論、わしも蜘蛛足は知らぬがな。ともかく、あまり悩まぬほうがよい」

肩を叩いてやると、虎之介はいっそう顔を暗くさせた。

「じつは、ほかにも悩みがございます」

「どうした」

「はあ」

「もったいぶらずに言ってみろ。何かあったのか、昨日は留守にしていたと聞いたぞ」

「善助に聞いたのですか」

「いいや、源右衛門どのが訪ねてこられてな」

「叔父上が」

「ふむ。近々、会津屋敷のほうへ出向いてほしいと頼まれた。長兄どのとも相談のうえ、目付のもとへ訴えでることにしたらしい。例の裏帳簿を携えてな」

「定府の御目付といえば、矢島左近さまですね」

「さよう、美貴どのの父御さ」

「矢島さまなれば、公正の裁きを下していただけましょう」

どことなく、虎之介は投げやりな態度だ。

「気がすすまぬようだな」

「別に」

「まあよい。それで、悩みとは」

「じつはここ数日、何者かに監視されているようで」

「会津の連中かな」

「それが、そうではなさそうです」

虎之介は相手の正体を見極めるべく、この二、三日、朝から晩まで市中をほっつき歩いているのだという。

「ところが、いっこうに相手のすがたを見定めることができません。すがたはなく、気配だけがあるのです」

相手はかなりの手練、しかも、尾行術に長けた者であろうと、虎之介は言う。

「熊澤典膳ではございません。典膳の手下に、それほどの手練があろうともおもえぬのです」

「何か、おもいあたることは」

「そういえば、ちらとではありますが、武家地の四つ辻で黒頭巾の女を見掛けました」

「黒頭巾の女」

「武家の女性であろうかと」

「武家地ならば、自邸へ戻るところだったのかもしれぬぞ。なぜ、怪しいと」

「勘としか言いようがございませぬ」

「ふうむ」

「会津の者でないとすれば、大目付さま配下の隠密にござりましょう。わたしが恐れているのはそれです」

森野数馬と廻船問屋の番頭嘉平、すでに、大目付はふたりの配下を失っている。

新手を繰りだしてくることは充分に考えられた。

しかも、隠密は男とはかぎらない。

「浅間さま、暗くなったら少しばかりその辺を歩きませんか。また、あらわれるかもしれない」

「よかろう」

ふたりは日没を待った。

三

日没から四半刻（三十分）ほど経った。

南の空には上弦（じょうげん）の月がある。

凶兆を連想させる赤い月だ。

木戸番の善助は鼾（いびき）を掻いている。

三左衛門は焼き芋を頼んだことなど、すっかり忘れていた。

三左衛門と虎之介は肩を並べ、夜の町に繰りだした。

「さて、外に出たのはいいが、どこへ行く」

「駿河台のほうへまいりましょう」

武家地に向かわずに横道へ折れ、濠端に沿って一ツ橋御門をめざす。

「このまま進めば、護持院ヶ原か」

得体の知れぬ相手を、人気のない場所に誘いこむ魂胆らしい。

「おらぬかもしれぬぞ」

「それならそれで構いません」

しばらく歩み、護持院ヶ原までやってきた。

末枯れた原っぱには寒風が吹きすさび、山狗すら潜んでいないようだった。

「杞憂でしたね、戻りますか」

済まなそうな顔の虎之介に向かい、三左衛門は白い息を吐いた。

「せっかくだから、平川町のももんじ屋にまいろう」

「薬喰いですね」

「寒い夜は獣肉にかぎる」

ふたりは、いそいそ歩みだす。

と、そのとき。

前方の木陰に人影が動いた。

「誰だ」

虎之介が走りだす。

三左衛門はその背中を追いかけ、石に躓いて転んでしまう。

「痛っ、おい、待ってくれ」

虎之介は足を止めず、しゅっと抜刀する。

「いやっ」

鋭い気合いともども、人影に斬りつけた。

が、相手は袖をひるがえし、返しの一撃を浴びせかける。

闇に火花が散った。

ふたりは刃を合わせ、弾かれたように飛びのく。

「おぬし、女か」

虎之介が驚いた声をあげた。

「女なら手加減するとでも」

棘のある物言いで切りかえすのは、男装の女性である。

「黒頭巾の女か」

虎之介は八相に構えて糺す。

三左衛門はようやく立ちあがり、対峙するふたりに近づいた。

月影を背にした女は、大きな眸子を赤く光らせている。

「あっ」

三左衛門は仰天した。

虎之介が背中で問う。

「浅間さま、この者をご存じか」

「知りあいだ。刀をおろせ」

虎之介は素直にしたがった。

女も緊張を解き、肩の力を抜く。

つぎの瞬間、鋭い眸子で睨まれた。

「浅間さま、どうして、あなたがここに」

凛然と発する相手は、雪乃にほかならない。

会津藩に関わる悪事を調べているのだろうか。

そうであったとしても、不思議なことではない。

雪乃は南町奉行の筒井紀伊守から、隠密御用を仰せつかっている。

三左衛門は動揺を隠せずに、頭を掻いた。

「この若侍と縁がござってな、ま、はなせば長くなる」

「長いはなしなぞ、聞きたくもありません」

「ほ、さようか」

雪乃はいつものように、小気味良いほどきっぱり言いきる。

そして、刀の柄を握りなおすや、五体に殺気を漲らせた。

「お聞きしたいことはただひとつ、そちらのお若い御仁が敵か味方か、浅間さま、しかとお応えいただきたい」

「味方よ、味方」

三左衛門は雪乃の圧力に負けまいと、語気を強める。

「元会津藩士でな、天童虎之介と申す者だ。拙者はこの虎之介とともに、会津くんだりまで足労してまいったのだぞ」

「会津まで、なにゆえに」

「巨悪を暴くためさ」

三左衛門は、すっと胸を張った。

雪乃はあっさり紲してくる。

「もしや、御用人参の横流しに関わることですか」

「さよう、よくご存じで」

「その一件を調べていた隠密が、無残にも殺められました」

「森野数馬か」

「いかにも。右の事態を憂えた大目付さまから筒井紀伊守さまへ、内々にご助力のご依頼があったのです」

「なるほど、それで雪乃どのが動いておられるのか。されどなにゆえ、虎之介を跟けまわすのだ」

「芝にある会津屋敷を張りこんでいたところ、そちらの御仁があらわれ、何とも怪しい動きをしてみせたもので」

　雪乃は放っておけず、さまざまに変装しながら様子を窺っていたのだという。

「そういうわけか」

「まさか、浅間さまがこの一件に関わっておられるとは。もしや、悪事のからくりをご存じなのですか」

「あらましは」

「ならば、お教え願いましょう」

「教えてもよいが、条件がひとつ」

「何ですか」

「誰にも漏らさず、雪乃どのの胸におさめていただきたい」

「ふっ、それは無理です。わたしはお手前のようにお節介で動いているわけではない。これはお役目なのですよ」

「そこを何とか頼む。この一件がおおやけになれば、会津藩は窮地に陥るやもしれぬ」

「自業自得でしょ」

「そりゃまあそうだが、虎之介が不憫でならぬ」

「なぜです。藩とは縁が切れたのでしょう」

「虎之介は容敬侯の御小姓だった。今も忠の一字を胸に抱き、命懸けで動いておる」

「忠の一字」

「さよう。雪乃どののご返答次第では容赦できぬはずだ」

三左衛門に煽られ、虎之介は柄に手をやった。

「浅間さま、わたしを脅すのですか」

「雪乃どの、頼む、このとおりだ。われわれにまかせておいてくれ」

三左衛門は必死に懇願しつづけた。

雪乃はあくまでも冷たい。

「できませんね」

「どうしても」

「ええ」

ふたたび、雪乃と虎之介が一触即発の体をなした。

「待て待て」

三左衛門が、慌てたように割ってはいる。

「ちと落ちつこう。雪乃どの、平川町で鍋でもつつかぬか」

「平川町で鍋と申せば、もみじかぼたんですね」

「お嫌いか」

「いいえ」

「ならば、まいろう」

三左衛門は、くるっと背を向ける。

虎之介につづいて、雪乃も黙って従いてきた。

獣肉で釣ろうとしたが、どうなるかはわからない。

## 四

雪乃の口から、はっきりとした返答は得られなかった。

町奉行の耳にはいれば、ときをおかず、大目付が動きだす恐れもあった。

無論、松平の姓を名乗る御家門の会津藩を廃絶にする断を下すのは、幕閣としても難しかろう。

たとい、将軍家斉の耳にはいったとて、判断に迷うところだ。

ただし、何らかの理由をこじつけ、配置換えや石高軽減などの措置が取られることは充分に考えられる。

御家門に関わる不祥事についても厳正な態度でのぞまねば、幕府の面目は立たない。

外様の雄藩から不平不満が噴出することだけは、回避せねばならなかった。

雪乃の行動は、将軍や幕閣を悩ますほどの重みをもっている。

たとえば、半四郎を介して「大目にみてほしい」と頼んだとて焼け石に水、火に油を注ぐことにもなりかねない。やはり、ここは雪乃自身の判断に委ねるしかなかった。

不安がる虎之介と別れ、三左衛門は家路についた。

「厄介なことになったぞ」

照降町の長屋へ戻ると、おまつが紅潮した顔で待っていた。

「どうした」

尋ねても応えず、黙って四角い箱を畳に滑らせる。

箱のなかには、黒地の着物と鮫小紋（さめこもん）の裃（かみしも）がたたんで入れてあった。

「これはいったい」

「藪本源右衛門と仰る会津藩のご重臣がお持ちになられました。明朝辰（たつ）ノ刻（午前八時）、御浜御殿そばの中屋敷まで出仕していただきたいとのこと」

「辰ノ刻か、ずいぶん早いな」

ぞんざいに応じると、おまつは襟を正した。

「まさか、仕官がかなったのではありますまいな」

ぎこちなく、不慣れな物言いをする。

三左衛門は、片眉を吊りあげた。

「藪本どのは何も言わなんだのか」

「ただ、笑っておられるだけでした。からかわれているみたいで、気分が悪うござんしたよ」

「月代を剃れとは申されなんだか」

「申されません」

「なら、このままでまいろう」

「どういうこと。おまえさん、会津さまのご家来になるんですか」

「なったら、どうする」

「嬉しくも何ともありませんよ」

「え、そうなのか」

期待がはずれ、少しがっかりする。

「宮仕えとなれば、何かと面倒なこともありましょう。それに、この長屋を出るなんてまっぴら」

「貧乏長屋に未練はあるまい」

「ござります。長屋に住む方々のお情けがあるからこそ、まっとうに暮らしてゆけるんですよ。長屋を出ることになったら、ほんとうに、どうなってしまうことやら」

おまつは溜息を吐き、袖で目頭を拭くような仕種までしてみせた。

三左衛門は、おまつの涙に弱い。

「案ずるな、仕官などせぬ。虎之介と会津に足労した件でな、御目付どのにご挨拶せねばならぬのよ」

「なあんだ、それだけ」

「安心したかい」

「はい」

おまつは詳しい内容を糺そうともせず、そそくさと雑用をはじめる。

もう少し、からかってやればよかったとおもった。

ふたりの娘はとみれば、仲良く並んで眠っている。

はだけた夜着を直してやり、三左衛門は幸福そうな娘たちの寝顔をみつめた。

「仕官か」

ほっと、溜息が漏れる。

藪本源右衛門に向かって、どうしてもと望めば、かなわぬはなしではない。

が、仕官など、浪人暮らしをしはじめてから今まで、念頭に浮かべたこともなかった。

会津の藩士になれば、三日に一度出仕するだけで月々の禄米(ろくまい)を頂戴できる。今よりも遥かに楽な暮らしができよう。禄米取りは浪人の夢だ。十人が十人、仕官を望むにちがいなかった。

しかし、三左衛門にその気はない。

虎之介やおまつも言ったとおり、宮仕えの煩(わずら)わしさが嫌なのだ。

「物乞いとおなじで、三日やったらやめられぬ」

それが気儘(きまま)な浪人暮らし、しかも、稼ぎの良い女房に食わせてもらっているぶんには、野垂れ死にする心配もない。

「おまえさん、何か仰いましたか」

すかさず、おまつに糺された。

「いや、何でもない」

三左衛門は箱を寄せ、袷を拾いあげた。

垢(あか)じみた着物のうえに羽織り、奴(やっこ)のように両袖をひろげてみせる。

「どうだ、似合うか」

「うふふ、利休鼠(りきゅうねずみ)の鮫小紋ですか、ずいぶん粋(いき)だねえ」

おまつは艶(あで)やかに笑い、こちらに流し目を送ってくる。

三左衛門は、道中でずっと胸にあったことを口にした。

「おまつ、事が済んだら、みなで雪見舟に乗ろう」

「え、ほんとうですか」

「嬉しいかい」

「ええ、娘たちもきっと喜びますよ」

これで、楽しみがひとつできた。

裃を纏って大名屋敷に参上し、手っ取り早く事を収めよう。

この件に深入りしすぎたことを、三左衛門は今さらになって感じていた。

五

――なっと、納豆おおお。

伸びと粘りのある納豆売りの声が、照降長屋に響いている。

翌早朝、三左衛門は鮫小紋の裃を身に着け、家から一歩踏みだした。

「うえっ、驚き桃の木だぜ」

下駄屋の親爺がまず腰を抜かし、長屋の連中がひとりのこらず顔を出す。

「いよっ、お殿様」

「色男、千両役者」

賑やかに囃（はや）したてられ、三左衛門はしきりに頭を掻いた。

「あれ、その気になっているよ。穴があったらはいりたいね、まったく」

おまつは恥ずかしそうにしたが、おすずは誇らしげに木戸口まで送ってくれた。

「いってらっしゃい。お土産は」

「ん」

「会津の絵蠟燭（えろうそく）がいいな、ね、父上さま」

「お、わかった」

父上などと呼ばれたものだから、うっかり返事をしてしまう。

高価な絵蠟燭など買う金はない。昨夜の獣肉代も、すべて虎之介に散財させたのだ。

三左衛門はおすずに手を振り、荒布橋（あらめばし）に向かった。

橋を渡ったあとは楓川（もみじがわ）に沿ってすすみ、新橋（しんばし）をめざせばよい。

道々でも注目を浴びているような気がして、どうにも落ちつかなかった。

東海道を南下し、芝神明手前の露月町（ろうげつちょう）で左手に折れる。

すると、眼前に豪壮な棟門があらわれた。

定刻どおりだ。

会津藩の中屋敷は、江戸に数ある屋敷のなかでも最大の規模を誇る。

身が縮むおもいであった。

「お取次願いたい」

門番に用件を伝えると、しばらく待たされ、案内の小者がやってきた。

すでに、源右衛門と虎之介は到着し、首を長くして待っているという。

式台から玄関の内へ導かれ、衣擦れも颯爽と長い廊下を渡ってゆく。

廊下をいくつも曲がり、枯れ侘びた中庭をのぞむ離室へと案内された。

「こちらでお待ちにございます」

襖は開いており、顔を覗かせると、源右衛門がひょいと片手をあげた。

「や、どうも」

一方、虎之介は強張った顔で微笑んでいる。

三左衛門は内へ招じられ、末席に座った。

「馬子にも衣装、お似合いですぞ、ぬふふ」

源右衛門が、さも嬉しそうに囁いた。

そのとき。

正面右手の襖が開き、厳めしげな重臣があらわれた。

矢島左近にまちがいない。

娘の美貴と目元がそっくりだ。

三人は平伏し、しばらく顔をあげなかった。

「藪本どの、そう固くならずに。ささ、みなも面をあげなされ」

「はい」

面をあげると、矢島は虎之介に向かって笑いかけた。

「虎之介、久方ぶりじゃのう」

「は」

「わしがおぬしをどれだけ買っていたか、よもやわかるまい。若気のいたりとはいえ、取りかえしのつかぬことをしでかしてくれたものよ。無念であったぞ。今さら嘆いても詮無いはなしじゃがな」

「美貴どのにも多大なご迷惑をお掛けいたしました。されど、お幸せなご様子を拝察し、安堵いたしました」

「おぬし、美貴にあったのか」

「え、お聞きになっておられませぬか」

「あ、いや……聞いておったやもしれぬ」

矢島の狼狽(ろうばい)ぶりを、虎之介はじっとみつめた。

すかさず、源右衛門が口をひらく。

「矢島さま、訴状にしたためましたとおり、こたびの一件はわが藩の浮沈に関わる一大事にござりまする」

「藪本どのの仰るとおりじゃ。国元にて不審死を遂げた人参奉行と御用商人の一件も、萩原調所さまが瀕死(ひんし)の深手を負った一件も、貴公の説明であらましはわかった。筋も立つ。されどな、いかんせん、確乎(かっこ)たる証拠がない。証拠がなければ、すべては絵空事。のう、藪本どの」

「は」

「で、今日は証拠の品を携えてこられたのかな」

矢島同様、三左衛門は人参大福帳という答えを連想した。

ところが、源右衛門の口を突いて出てきたのは意外な台詞(せりふ)だった。

「証拠の品ではなく、証人をお連れいたしました」

「証人とな」

「はい、こちらにおわす浅間三左衛門どのにござります」

源右衛門は三左衛門が関わった経緯を、支障のない範囲で手短に説明した。

矢島はつまらなそうな顔で聞き、硬い口調で漏らす。

「浅間氏のご活躍はようわかった。おぬしらの主張を信じれば国家老である萩原調所ならびに一党の罪は明々白々。なれど、わしも目付というお役目にあるかぎり、物事を公正に見定めねばならぬ。そのためには、裏帳簿がなければはなしにならぬ。藪本どの、お持ちいただけるものとばかりおもうていたが、どうなされた」

「じつは、忘れてしまいました」

源右衛門は白扇を取りだし、ぺんと額を叩いてみせる。

なにゆえに茶番を演じているのか、三左衛門には理解できない。

矢島の顔は怒気を帯びた。

「なんと。藩の浮沈を左右する証拠の品を忘れたと申すか」

「恥ずかしながら、近頃、とんと物忘れがひどくなりまして、さぞや、お怒りにござりましょう。何なら、そちらの御庭を拝借し、皺腹掻っさばいてみせましょうか」

ずいぶん、投げやりなことを言う。

「やめよ」

矢島は一喝した。

「庭を血で穢されてはかなわぬ」

「お許しいただければ、一両日中にもお持ち申しあげます」

「ん、そうか。よかろう、きっとだぞ」

「はい、かたじけのう存じます」

「されば、本日はこれにて」

矢島左近は、憮然とした顔で席を立った。

襖が閉まったのを確かめ、三左衛門は源右衛門に囁く。

「いったい、どうなっているのです」

「咄嗟の機転でござるよ」

「え」

「虎之介に尻を突っつかれてな」

源右衛門が笑いかけると、虎之介が応じた。

「拙者が会津で出逢ったのは、美貴どのおひとりです。火事場でも美貴どのに顔をみられました。そのことを、父御の矢島さまに告げたとも聞きました」

火事ののち、間髪を容れずに敵は動いた。虎太郎の上役を通じて、虎之介の会津藩への復縁を持ちかけてきたのだ。誰かが虎之介のことを敵方に漏らさないかぎり、考えにくいはなしであった。

「御目付どのが」

「それ以外に、おもいあたりません」

「虎之介、もういちど聞く。かの御目付どのが、萩原調所と繋がっていると申すのか」

「さきほどまで、確信はありませんでした。矢島さまは亡き父のご朋輩、最期を看取っていただいたお方でもあります。されど、矢島さまは美貴どのからわたしのことを聞いておきながら、お茶を濁された。ゆえに、怪しいとおもったのです」

源右衛門が、はなしを引きとる。

「わしも怪しいと感じた。そこからさきは阿吽の呼吸じゃ。ほれ、裏帳簿はここにちゃんとある」

差しだされた風呂敷のなかに、二冊の人参大福帳は重なっていた。

「おみごと」

賢明な判断と言わざるを得ない。

源右衛門の機転に、三左衛門は感服した。

一方の虎之介は、苦々しげに吐きすてる。

「わたしは信じたくない。美貴どのの父御が悪事に加担しているなどと、信じたくはありません」

だが、疑うべき余地はある。

浜辺で目にした頭巾の侍も、言われてみれば、矢島左近のからだつきによく似ていた。

もしかしたら、天童虎雄の毒殺にも関わっていたのかもしれない。

望みは金か、それとも権力か。

理由は判然としないが、いずれにしろ、矢島が敵方だとすれば、もはや、藩内に頼るべき相手はみつからなかった。

「どうする」

三人は途方に暮れた。

六

藪本源右衛門はその日から、急の病で床に臥せた。

無論、人参大福帳を渡さないための仮病である。

策もないまま、数日が過ぎた。

ここは焦らずに、相手の出方を待つのも手だ。

日本橋大路から横町に一本はいった浮世小路、三左衛門は大好きな投句の引札を購入すべく、行きつけの茶屋を訪ねた。

その帰り道、薬種問屋の並ぶ本町三丁目のあたりへ足を向けた。

近頃は師走や正月の人が集まる時季になると、顧客への感謝と店の宣伝を兼ね、門口で振るまい酒をやっている。それを知っていたので、いそいそやってきたというわけだ。

さっそく只酒を頂戴して呑んでいると、つんつんと袖を引く者がいる。

振りむくと、風采のあがらない四十男が立っていた。

「浅間三左衛門さまでやすかい。へへ、あっしは明神の茂三ってもんで」

口端に嫌みな笑みを湛えている。

一目で御用聞きとわかる面相だ。

「岡っ引きが何の用だ」

「てえしたことじゃありやせん。ちょいと、三田明神坂の番屋までご足労願えやせんか」

「三田明神坂だと、ずいぶん遠いな」

「駕籠をご用意いたしやすんで」

不安をおぼえたが、相手の真意も探りたい。

三左衛門は承諾し、適当な四つ辻で辻駕籠に乗せられた。

茂三が小走りに先導し、駕籠は東海道を南にひた走った。

増上寺を右手に眺めながら通りすぎ、新堀川を渡れば、左手のさきに会津藩の下屋敷がみえてくる。虎之介を助けた砂浜も近い。

ここまでやってきて、明神坂上にある最合の番所が、かつて虎之介のしょっ引かれたところであることに気づいた。

「まいったな」

今さら踵を返すのも体裁がよくない。

仕方なく駕籠に揺られ、川沿いの道を西へ向かう。

赤羽橋(あかばねばし)を過ぎると、水天宮(すいてんぐう)で有名な有馬(ありま)屋敷がみえてきた。

屋敷の海鼠塀(なまこべい)が途切れたさきを左手に折れれば、元明神脇の登り坂になる。

駕籠は速度を落としたが、疲れを知らぬ茂三はすたすた駆け足で登っていった。

坂を登りきれば、島津淡路守(しまづあわじのかみ)の上屋敷に行きつく。そこから左手に曲がって少し登り、さらに右手に曲がれば、綱坂の下りになる。

綱坂の西にも、会津肥後守の下屋敷があった。

西に接する新堀川には三田古川町(みたふるかわちょう)に抜ける三之橋(さんのはし)が架かっているのだが、この橋は地元では肥後殿橋と呼ばれているらしい。

いずれにしろ、会津藩とは縁の深い場所である。

この界隈(かいわい)を縄張りとする十手持ちとも、当然のごとく関わりは深かろう。

駕籠が止まった。

最合の番所は自身番より広く、大番屋よりも狭い。

玉砂利(たまじゃり)を踏んで内へ踏みこむと、鬼瓦(おにがわら)のような同心が待ちかまえていた。

「おぬしが浅間三左衛門か」

「いかにもそうだが」

「わしは笹島廉平、北町の定町廻りだ。おぬし、南町の八尾半四郎と懇意にしておるらしいな」

まちがいない。この連中が虎之介をしょっ引いたのだ。

三左衛門は棘のある声で応じた。

「手短に用件を言ってくれ。長屋で女房が夕餉をつくって待っておるのでな」

「ふふん、女房はたしか、十分一屋のおまつとかいったな。気っ風の良い別嬪だ。それから、可愛い娘もふたりおるというではないか、なあ」

「わしの素姓を調べてどうする」

「しがらみのある野良犬のほうが、飼いならしやすいんでな」

笹島は十手を引きぬき、先端で自分の肩を軽く叩いた。

「脅す気か」

「人参大福帳を奪ってこい。言うことをきけば、わるいようにはせぬ」

「できぬといったら」

ふんと、笹島は鼻で笑った。

「いわぬだろうさ。照降長屋での評判を聞いたぞ。おぬし、子守り侍と呼ばれておるのだろう。見掛けによらず、子煩悩らしいな」

「ちっ」

厄介な連中が絡んできた。

おおかた、熊澤典膳あたりと繋がっているにちがいない。

予測できないことではなかったが、半四郎という楯があるので、十手持ちを甘くみていた。

「大名家の内輪で起こったごたごたを、何で町奉行所の同心が探るのだ」

「おめえにゃ関わりねえ。大福帳を持ってくるのかこないのか、はっきり応えてもらおう」

「ふん、どうすればよい。番屋に抱えてくればよいのか」

「いいや、明晩亥ノ刻（午後十時）、正伝寺の毘沙門堂まで来い」

「正伝寺の毘沙門堂」

「ふふ、おぬしにとっても因縁のある砂浜の近くさ」

三左衛門は、重い溜息を吐いた。

この男は何でも知っている。

「それからな、もうひとつ頼みたいことがある。若僧の首を持ってこい」

「なんだと」

「ふふ、できるかな、おぬしに」

三左衛門は鬼瓦を睨みつけ、にっと笑った。

「こやつ、何が可笑しい」

「只で人を斬るとおもうのか」

「どういうことだ」

「わしにも甘い汁を吸わせろ」

三左衛門が鎌を掛けると、笹島は乗ってきた。

「ふふ、おもったとおりの性悪だな。それなら、はなしは早い。会津藩なら、いくらでも仕官の口はあるぞ」

「仕官はせぬ。金が欲しい。帳簿二冊と若僧の首、しめて五百両でどうだ」

「うほっ、吹っかけやがったな」

鬼瓦は嬉しそうに言い、しばし考えるふりをする。

「よかろう。五百両は用意させる」

「まことか、駆け引きは無しだぞ」

「それはこっちの台詞よ。下手な小細工をすれば、おぬしだけでなく、女房子供の命が無くなるとおもえ」

「わかった」

「よし、行け」

三左衛門は解放された。

腹のなかは、煮えくりかえっている。

七

雪乃からは何の音沙汰もなく、北町奉行所の蛆虫どもにはまとわりつかれている。

すがたはみえずとも、粘っこい眼差しを感じていた。

見張られているかぎり、下手な動きはできない。おまつや娘たちを、危うい目に遭わすわけにはいかないのだ。

翌早朝、三左衛門は鎌倉河岸の辰五郎店を訪ねた。

見張りの目から逃れようとおもい、一計を案じたのだ。

虎之介は部屋にいた。

先客がひとりおり、七輪で飯を炊いている。

夕月楼に身柄を預けられたおそでだった。

虎之介が会津から戻ったと聞き、矢も楯もたまらず、世話を焼きにきたらしい。虎之介は迷惑そうだが、おそでは意に介する様子もなく、長屋の連中の冷たい目も気に掛ける素振りをみせない。

「あ、浅間さま」

「おそでか。だいじょうぶなのか」

「はい。もう、ひとりで出歩いても平気だって、八尾さまが仰ってくださいました」

「そうか、そいつはよかったな」

どうやら、半四郎が女郎屋の抱え主とはなしをつけたらしい。

またひとつ借りができたなと、三左衛門はおもった。

「浅間さま、朝餉は済まされましたか」

「いいや、まだだ」

「蜆のおつけに寒鮒の甘露煮もありますけど、いかがです」

「寒鮒か、相伴にあずかろう」

この時季の鮒は水底で眠っているので、容易なことでは釣れない。脂の乗った小振りの鮒を丸ごと食す甘露煮は、江戸に暮らす者ならば嫌いであるはずはなかった。

酒があると、もっといい。

そんな気分を察してか、虎之介が銚釐（ちろり）を提げてくる。

「燗酒ですよ」

「ほ、そうか」

「ま、どうぞ」

注がれた酒を呑みほすと、熱いものが小腸（ひやくひろ）に沁みた。

「ぷふう、おぬしも呑め」

「いただきます」

三左衛門は注ぎながら、ちらっとおそでの背中をみる。

「おそでは、いい女房になるぞ。縹緻（きりよう）もいいし、性根も座っている。おぬし、貰ってやる気はないのか」

「藪から棒に、何を仰います」

虎之介は、耳まで赤くして照れた。

おそでは聞こえぬふりをしながら、飯作りに没頭している。

襷掛け姿で甲斐甲斐（かいがい）しく立ちはたらくすがたは、まさに、若女房であった。

「善助が言っておったが、長屋の連中も少しばかり態度が変わってきたようだ。おそでに冷たくしたことを悔いているらしい」

「そうですか」

「ま、根っからわるい連中ではない。大目にみてやることだ」

「最初から、気にしてはおりません。長屋の方々には、いつも世話になっています」

「おぬしは、たいそうな人気者だぞ。ことに、嬶ァ連中にはな。みんな、おそでのように世話を焼きたがっているのさ。おそでに冷たく当たるのは、やっかみも半分はいっているのかもしれぬな。ま、そうしたことも、ふたりが晴れて所帯をもてば解決する。と、善助は言っておったぞ」

　虎之介は、ふっと淋しげに笑う。

「わたしなど、所帯の持てる身分ではありませんよ」

「そんなことはない。わしなどはあとさきも考えず、こぶつきの出戻りといっしょになった。暮らしはじめてみれば、何とかなるものさ。おもいたったが吉日、こういったことはあまり深く考えぬほうがよい」

「はあ」

「ところで、ひとつ頼みたいことがあってな」

「何でしょう」

「朝餉を食ってひと休みしたら、おそでを帰し、稲荷(いなり)の境内までつきあってくれ」

「どうなされたのです」

「おぬしを、斬らねばならぬ」

「え」

目を丸くする虎之介を、三左衛門は面白がった。

「芝居だよ、芝居。口論を仕掛けるから、上段から斬りつけてこい。わしが返す刀で脇胴を抜いたら、もんどりうって倒れてくれ。倒れたあとは、夕月楼の連中が戸板ではこびだしてくれる」

「まいったな、またぞろ斬られ役ですか」

「こんどのはちと難しいぞ、死なねばならぬからな」

「どこのどいつです、声を掛けてきたのは」

「十手持ちさ」

「もしや、三田明神坂の」

「最合の番所に詰めておる同心と岡っ引きだ」

「そいつらなら知っていますよ」

「おぬしに縄を打った野郎どもさ。欲張りな連中でな、人参大福帳二冊におぬしの首を付けて持ってこいと脅しやがる」

「呑んだのですか」

「ああ、五百両用意しろと吹っかけておいた」

「五百両」

「持ってきやせぬさ。用事が済んだら、わしを消す腹だろう」

「いつです」

「今夜だ、場所は教えられぬ」

「どうしてです」

「死んだはずの人間に出てこられてはまずいだろう。わしに任せておけ」

「しかし」

「おぬしは死んだことにしといたほうが、何かと都合がよい。とうぶんは、おそでといっしょに夕月楼におれ」

虎之介は、渋々ながら応じた。

そこへ、湯気を立てた朝餉の膳がはこばれてきた。

## 八

稲荷の境内には、縁起物をあつかう香具師の床店なども出ており、けっこう賑わっていた。

長屋の木戸を抜けたときから、まとわりつく怪しい気配を感じている。

明神の茂三であろう。

三左衛門と虎之介は肩を並べ、床店を素見してまわり、参道をのんびりと歩んでいった。

賽銭箱のほうから、柏手を打つ音がやけに大きく聞こえてくる。

こちらに背を向けてはいるが、夕月楼の若い衆であることはすぐにわかった。

「そろそろやるか」

三左衛門は囁いたそばから、虎之介の肩をつかんだ。

有無を言わせず、ぽこっと頭を撲る。

「な、何をするか」

虎之介は激昂し、刀を鞘走らせた。

「きゃあ」

町娘の悲鳴があがり、参詣客が散り散りになる。

「喧嘩だ、喧嘩だ」

騒ぎたてる連中も、息の掛かった者たちだ。

「待て、待たぬか」

三左衛門は右手を翳し、相手の初手を封じようとする。

「早まるな、はなせばわかる」

必死の懇願も通じない。

「問答無用じゃ」

虎之介は怒声を張り、上段から斬りつけてきた。

三左衛門は身を躱し、小太刀をしゅっと抜きはなつ。

「ふりゃ」

小脇を擦りぬけると、虎之介は「ぐはっ」と大仰に叫んだ。

海老反りになり、宙をつかむように、ゆっくり倒れてゆく。

土煙があがった。

なかなかの演技だ。

「莫迦め」

三左衛門は唾を吐き、刀を鞘に仕舞う。

そして後ろもみずに、大股ですたすた歩みはじめた。

「うわっ、斬りやがった」

「死んでるぜ。戸板だ、戸板を持ってこい」

背後で若い衆が騒いでいる。

茂三とおぼしき気配は木陰に蹲り、じっと動かずにいる。

あとは巻いてやるだけだ。

稲荷の鳥居を抜けた瞬間、三左衛門は脱兎のごとく駆けだした。

「ぬおっ」

露地裏へ身を入れ、抜け裏から抜け裏へ、必死の形相で駆けぬける。

行き先の目星はつけておいた。

たどりついたところは連雀町のさき、すぐそばに神田川の流れる八ツ小路だ。

柳並木の植わった川縁の道端には、古着屋が延々と軒を並べていた。

三左衛門は物陰に身を隠し、周囲に目を配る。

まとわりつくような気配は、消えていた。

## 九

十日夜（とおかんや）の月が出ている。

冴えた夜空のまんなかで、凍りついてしまったかのようだ。

亥ノ刻、毘沙門堂の周囲に人影はない。

潮の香が濃厚にただよっていた。

参道に立つ石灯籠（いしどうろう）の灯が妖しげに揺れている。

枯草を踏む音とともに、人影がふたつあらわれた。

同心の笹島廉平と、岡っ引きの茂三だ。

「大福帳は携えてきたか」

笹島は問いかけ、無造作に近づいてくる。

一方、茂三は蟹（かに）歩きで横にまわりこみ、少し離れたところから様子を窺っている。

「ほら、ここにあるぞ」

三左衛門は、左手に抱えた風呂敷を持ちあげた。

「渡してもらおうか」

「金がさきだ」

「ふん、偉そうに」

「のぞみどおり、若僧を斬ってやったぞ」

「そうらしいな」

「信じぬのか」

「屍骸(しがい)をみたわけじゃねえ」

「もういちど聞こう、いったい誰に頼まれた」

「会津の重臣さ」

「ほう、素直に喋ったな。会津の誰だ」

「頭巾をかぶっておったな」

三左衛門は、ぴくっと眉を吊りあげた。

「目付の矢島左近か」

「ぬふふ、ご想像におまかせしよう」

おそらく、そうなのだろう。

予想していたこととはいえ、虎之介が知ったら悲しむにちがいない。

笹島は、ずいと近づいてきた。

「喋りは仕舞えだ、帳簿を渡せ」

「いやだね、山吹色を拝まぬことには渡せぬさ」

三左衛門は、風呂敷を足許に抛った。

「ほれよ、そっちも五百両のはいった箱をみせてみろ」

笹島は裾を捲り、にやっと笑う。

「ねえよ」

「塡めたな」

「ああ、そうさ。瘦せ犬め、死んでもらうぜ」

笹島は十手ではなく、刀を抜いた。

「北町の鬼笹といやあ、ちったあ知られた男だ。八尾半四郎より、おれのほうが強えかもしれねえぜ」

――びゅん。

刃風が唸った。

太刀筋は鋭い。

なるほど、でかい口を叩くだけのことはある。

「つおっ」

必殺の一撃が鼻面を襲った。

躱しながら反転し、小太刀を抜刀する。

「ひょっ」

反撃に転じた刹那、真横から分銅が飛んできた。

「のわっ」

すんでのところで除けたものの、分銅は小太刀を握る右手に絡みついた。

鉄の鎖がびんと伸び、鎖の根元をつかんだ茂三が舌なめずりしてみせる。

「へへ、鼠め、引っかかりやがったな」

ぐいぐい鎖を引っぱられ、三左衛門はよろめいた。

「はおっ」

そこへ、笹島が斬りこんできた。

「死ね」

蒼白い刃が頭上にある。

「南無三」

死を覚悟した。

そのとき。

――びん。

弦音が響いた。

一本の矢が闇を裂き、笹島の胸に突きたった。

「ぬぐっ」

三左衛門は窮地を脱し、鉄鎖をおもいきり引きよせた。

「うわっ」

たたらを踏んだ岡っ引きの面を、小太刀の峰で割ってやる。

茂三は白目を剝き、棒のように倒れていった。

生かしておいても仕方のない相手だが、敢えて斬る気もしない。

ここはひとつ、半四郎に裁きを託そうと考えたのだ。

遠くの木陰から、弓を提げた人影があらわれた。

「雪乃どの」

三左衛門は小太刀を仕舞い、頭を垂れる。

跟けられたことは癪に障るが、おかげで命を救ってもらったのだから文句は言えない。

「あ」

雪乃が指を差した。

矢を胸に受けたはずの笹島が、ふらついた足取りで毘沙門堂のなかへ消えてゆく。

「逃すか」

三左衛門は後を追い、堂宇に飛びこんだ。

暗闇だ。

ばさっと、音がした。

鞠のようなものが転がってくる。

「う」

よくみれば、笹島の生首だった。

眸子を瞠り、床に前歯を立てている。

「ぬう」

三左衛門は、腰を落として身構えた。

もうひとり、敵が潜んでいたようだ。

ぼっと、蠟燭が灯った。

漆黒の闇に浮かんだ人の輪郭は、矢島左近でも熊澤典膳でもない。

もっと若い。撫で肩で瓜実顔の男だ。

見覚えがある。

陰間か。

「わしは会津藩馬廻り役、綱木数之進」

「ほほう、遥々（はるばる）、江戸までやってきたのか。おぬしを可愛がってくれる親玉は生きのびたらしいな、ふん、往生際（おうじょうぎわ）の悪い野郎だ。陰間の恨みは深いというから、気をつけねばなるまい」

「煽っても無駄さ。狙った獲物は逃さぬぞ」

「おぬし、太子流の小太刀を遣うらしいな」

「それがどうした」

「わしも小太刀を遣う。太子流の下段留、しかとみせてもらうぞ」

三左衛門は抜刀した小太刀を車（しゃ）に下げ、たたたと板の間を走った。

「しゃっ」

勢いを止めずに、二段突きを見舞う。

「なんの」

綱木は二段目を峰で弾き、返しの刃を薙（な）ぎあげてきた。

「おっと」

胸先三寸で躱してやる。

太子流の秘技も、三左衛門には通じない。すでに、太刀筋を見切っている。

かつて、上州一円に名を轟かせた小太刀の名人と知れば、綱木も少しは慎重に構えたかもしれない。

が、そうではなかった。

「いやっ」

驕った一撃が空を切る。

つぎの瞬間、陰間は右籠手を落とされていた。

「ぬぐっ、ふ……不覚」

血塗れた床を転がり、綱木は笹島の首無し胴に阻まれる。

何をおもったか、笹島の手に握られた刃に首を押しつけ、みずから、ざくっと脈を切った。

救う手だてもない。

すでに、こときれている。

「莫迦め、自刃するとはな」

三左衛門は血振りをして刀を鞘に仕舞い、血で穢れた伽藍をあとにする。

観音扉の向こうから、雪乃が声を掛けてきた。

「毘沙門天がお怒りですよ」

「かたじけない。おかげで命拾いをした」

「わたしのまわりには世話が焼けるひとたちばかり、ほんとうに困ってしまう」

「例の一件、お考えくださったか」

雪乃は溜息を吐き、参道で拾った風呂敷包みを開けてみせる。

内から飛びだした大福帳は、すべて白紙だった。

「これでは証拠になりませんものね」

御奉行に報告できないと、溜息を吐く。

「雪乃どの、頭がさがります」

「あなたたち、これからどうなさるおつもりです」

「さて」

「策はないのですか」

「頼りにしていた目付でさえも敵方である疑いが濃厚でしてね、正直なところ、お手上げです」

「最後の手段に訴えでるしかありませんね」

「最後の手段」

「ええ、教えてあげましょうか」

「是非」

「ならば、平川町へまいりましょう」

「え」

三左衛門は、ことばを呑みこんだ。

平川町へ行くにしても、先立つものがない。

「会津のおふたりにも、お声を掛けたらいかがです」

雪乃は溜息まじりに言い、こちらに背を向けた。

十

子ノ刻（午前零時）に近づくと、空から白いものが落ちてきた。

平川町三丁目の細道にだけは、真夜中でも灯りがぽつぽつ点いている。

表口に大きな猪の黒い毛皮を貼りつけた「くじら屋」の座敷では、四人の男たちが顔をつきあわせ、雪乃の見事な食べっぷりを眺めていた。

三左衛門の呼びかけで馳せさんじた虎之介と藪本源右衛門、それから、雪乃に恋い焦がれる半四郎の顔もある。

「みなさまもどうぞ、お食べなされ」

雪乃はすました顔で、すいすい肉を平らげてゆく。

鹿肉につづき、猪肉が大皿で出された。

「ようし、食ってやる」

叫んだのは半四郎だ。

大皿の肉を箸でさらい、煮えた鍋にぶっこむ。

すぐに食おうとすると、雪乃が母親のように叱りつけた。

「半四郎さま、ぼたんはよく煮て食べなされ。煮れば煮るほどやわらかくなります」

「はあ」

半四郎はあきらかに、面食らっている。

雪乃の獣肉好きを知らなかったらしい。

そのせいで興が冷めたかといえば、もちろんそうではなく、雪乃の心をつかもうと涙ぐましいばかりの努力をしていた。肉の追加を注文し、給仕もやり、肉を食えと命じられれば、とんでもない勢いで箸を動かす。

雪乃はまだ、肝心なことを喋っていない。

虎之介も源右衛門も、窮余の秘策を聞きたがった。

ようやく腹もできたころ、虎之介が我慢できずに口を利いた。

「雪乃さま、秘策を授けていただけませぬか」

「授けないでもありません。でも、命懸けになりますよ。それでも、よいのですか」

「かまいませぬ」

「なれば、申しあげましょう」

一同は固唾(かたず)を呑んだ。

雪乃は小鼻をぷっと張り、息を吸いこむ。

赤味を帯びた肌が艶めき、四人の男どもは目を吸いよせられた。

「駕籠訴(かごそ)です」

と、雪乃は言った。

「なるほど、その手があったか」

源右衛門は膝を叩いた途端、顔を曇らせた。

駕籠訴とは、殿様にたいする直訴のことだ。

飢饉で年貢の払えぬ農村が代表を立て、江戸市中で殿様の駕籠に窮状を訴える最後の一手のことである。

たとい、訴えが聞きとどけられたとしても、訴えた者たちの多くは死罪を免れない。命と引き換えに村の窮状を救おうとする尊い行為なのだ。獄門首にさらされた者たちは、村人たちから「駕籠訴さま」と呼ばれ、神仏のように崇められた。

「事は大きくなりすぎております。この一件を裁くことのできるお方は、会津二十三万石の御領主、松平肥後守容敬さまをおいてほかにはございません」

雪乃は一分の迷いもなく、きっぱりと断じきる。

「訴えを下からあげても、会津侯のお耳に入れるのは難しい。方法はただひとつ、駕籠訴しかありません。虎之介どのは御小姓であったとのこと、されば、虎之介どのにしかできぬ所業でありましょう」

無論、駕籠が止まるかどうかは賭けだ。

「わたくしがおもうに、四分六でかなわぬ公算の大きい賭けでしょう。それでも、挑まぬことには道は拓けませぬ。いかがです」

「ふうむ」

虎之介を除く三人は、腕組みで唸った。

いくら考えても、駕籠訴にかわる妙手は浮かんでこない。

「やります。わたしはやります」

虎之介が、くいっと顎をあげた。

覚悟を決めた武士の顔だ。

早まるなと、三左衛門は言いたかった。

しかし、ことばが出てこない。

もはや、運を天に任せるほかはないのか。

やるとすれば五日後の十五日、諸大名はこの日、月次御礼登城で千代田城に出仕する。会津侯を乗せた網代駕籠が内桜田門の下馬先へ向かうまでのわずかな間隙を狙うしかない。

十一

雪がまばらに降っている。

会津藩の上屋敷は西ノ丸下のなかで、内桜田門からほど近いところにあった。

城に隣接する西ノ丸下には老中や若年寄の屋敷が集められているが、幕閣の要職は一般に三年から五年で交替するため、頻繁に屋敷の主も替わる。そうしたなか、会津松平家の上屋敷だけは厳然と北東の同じ位置を占めていた。

内桜田門は大手門と並ぶ千代田城の正門にほかならず、諸大名が総登城する際は門前が下馬先となる。ゆえに、定例登城の十五日になると、会津上屋敷の門前周辺は朝早くから大勢の供人たちで溢れかえった。

内桜田門は内濠の向こうに構えている。

濠に架かる橋のたもとから三十間ほど離れたところに「下馬」と書かれた札が立っていた。御三家ならびに幕閣重臣の従者たちは長さ六十間の細長い供待で待つことを許されるが、中小大名の従者たちは土の上に下座敷を敷いて座らねばならない。冬はことに辛かった。

下馬先に町人が踏みこめないかといえば、そうでもない。

供人たちを当てこんだ食い物屋台が居並び、瓦版屋や賑やかしの旅芸人ならまだしも、ときには提重と呼ぶ売女までふらついていたりする。こうした連中を取りしまるべく、小銀杏髷の同心や岡っ引きも目を光らせていた。

ゆえに、下馬先へ紛れこむのは、さほど難しいことではなかった。

しかも、今日は網目のように降る雪が視界を奪っている。

三左衛門は汁粉売りに化け、会津の上屋敷に近づいていった。屋敷のほうには、事情を知る藪本源右衛門が控えている。もちろん、源右衛門に何ができるというわけではない。虎之介の首尾を遠くから見守るだけだ。

半四郎は綿のはいった黒羽織を纏い、屋台のそばを暢気に歩んでいる。まんがいち、邪魔がはいったら追っぱらう役目だ。十手持ちなので、怪しまれる恐れはあるまい。

雪乃は屋台の後ろにいる。粗末な着物を纏い、化粧気もなく、汁粉屋の嬶ァになりきっている。

旦那役は三左衛門、屋台をひく若い衆が虎之介だ。

虎之介は月代を剃り、さっぱりした顔をしている。

屋台には黒い着物と鮫小紋の裃、白足袋に雪駄などが隠されてあった。無論、差料もある。腰に大小がなければ、武士とはみなされない。武士でなければ、邪険にあつかわれても文句は言えない。逆しまに、武士であれば、粗略にあつかうことは憚られる。それが狙いだった。

――どどん、どどん。

西ノ丸の太鼓櫓から、大名の入城を促す太鼓の音色が響いている。

会津松平家は、三代家光の遺言で副将軍となった保科正之を祖とする。

御三家につぐ家格なので、登城の順番は遅い。城内での待ち時間を考慮し、石高の大きな雄藩はたいてい遅いほうにまわされるのだ。

すべての大名が入城したあと、月番の若年寄とそれ以外の若年寄、月番の老中とそれ以外の老中と、順につづいてゆく。いわば「四つ上がり」と呼ばれる入城の刻限である。しかも、天下の仕置きを司る老中や若年寄は不測の事態を周囲に気取られぬため、いかなるときも駆け駕籠で入城する慣例になっていた。

かなりの捷さで駕籠が奔る。

これを止めるのは、至難の業ではない。

会津侯の入城も四つ刻（午前十時）に近い。

屋敷が至近のせいか、供人は少人数に抑えられ、老中なみの駆け駕籠をやる。

内桜田門までの二町足らずを、殿様の乗る駕籠の一団がひと息で駆けとおすのだ。

供人は少ないとはいえ、前後左右に二、三十人はいる。

みな、股立ちを取り、必死の形相で駆けぬける。

雪道も何のその、滑らぬ走り方を究めるべく、日頃から修練を積んでいる。

それゆえ、駕籠の一団を止めるのは容易なことではなかった。

――どどん、どどん。

触れ太鼓が鳴っている。

「そろそろだな」

と、三左衛門は漏らした。

虎之介が厠で裃に着替えてきた。

目のまえには、凛々しい若者の雄姿がある。

雪乃でさえも、目を奪われているようだった。

半四郎がここにいたら、悋気を感じることだろう。

「では、行ってまいります」

虎之介の懐中には、表に『訴』と記された訴状がはさまっていた。

「きっとやり遂げる」

三左衛門は、しっかり頷いてやる。

帷子のように積もった雪道に、足跡が点々と繋がった。

「おい、汁粉をくれ」

折助がひとり、寒そうにやってきた。

雪乃は睨みつけ、邪険にあつかった。

「仕舞いですよ。汁粉はもうございません」

「あるじゃねえか。ほら、鍋んなかによ」

「無いといったら無いんですよ。あっちへお行き、しっ、しっ」

「ちっ、何でえ」

舌打ちをかまし、折助は汚い尻をみせる。

「さ、まいりましょう」

雪乃に命じられ、三左衛門は屋台をひいた。

遠ざかる虎之介の背中を、ゆっくり追いかける。

右斜め前方から、半四郎が駆けてきた。

「おい、門が開いたぞ」

会津屋敷は存外に近い。

屈強な供人につづき、駕籠を担ぐ陸尺たちがみえた。

六人いる。先棒と後棒が三人ずつ、みな、六尺豊かな偉丈夫だ。

駕籠は打揚腰網代、窓は無双窓ではなく、御簾が下がっている。屋根は黒塗りの板で棒も黒、網代の部分は黄緑色にみえる。黒の縁取りがなされているので、雪景色にも映える色彩だった。

しんがりの陸尺が表門の敷居をまたいだ瞬間から、駆け駕籠がはじまる。

すでに、虎之介は会津藩邸と下馬先を結んだ線上に佇んでいた。

「まずいな、供人たちに蹴散らされるぞ」

半四郎の指摘するとおり、待つ位置がちがう。

「よし、わしが言うてくる」

三左衛門は屋台から離れ、だっと駆けよる。

と同時に、会津侯を乗せた網代駕籠も走りだした。

「行ったぞ」

半四郎が叫んだ。

予想以上に、駕籠は捷い。

虎之介は、ぽかんと惚けたように立っている。

「おい、退がれ」

三左衛門は怒鳴った。

「もう少し離れろ。駕籠の斜め前方から駆けよせるのだ」

「はい」

虎之介は意図を理解し、後ずさりして身構える。

三左衛門は背後に控え、駆けこむ呼吸を読んだ。

「焦るな、先触れをやり過ごしてからだ。いいか」

「はい」

降る雪の向こうから、黒い一団が寄せてくる。

いくつもの跫音と荒い息遣いが、威圧するように迫ってきた。

先触れの供人たちが、二十間ほど隔てたさきを通りすぎてゆく。

「まだまだ」

三左衛門は馬上の武者よろしく、虎之介の手綱を引きしぼる。

網代駕籠の鼻面がみえた。

「今だ、行け」

虎之介は肩衣を後ろにはねとばし、雪道を駆けてゆく。

「お待ちを、お待ちくだされ」

怒声は一団の喧噪に掻き消された。

虎之介は駕籠脇近くに倒れこみ、平蜘蛛のように平伏した。

「火急の訴えにございます。どうか、お聞きとどけを」
駕籠は止まらない。
制止しようとする供人もいない。
みな、前だけを向き、馬のように走っている。
虎之介は駕籠脇を駆け、必死に訴えつづける。
「お願いでございます、お願いでございます」
追いこして膝をつき、ふたたび、平伏してみせる。
それでも、駕籠は止まらない。
もはや、下馬先は目鼻のさきに迫っていた。
――どどん、どどん。
触れ太鼓の音が、雷鳴のごとく鳴りひびいている。
他藩の供人たちも異変に気づき、虎之介に注目している。
三左衛門は間合いを取りつつ、虎之介の背中を追いかけた。
同じ気持ちになって走り、必死に駕籠訴をしている気分だ。
「お待ちを、訴えをお聞きとどけくだされ、殿、肥後守さま」
供人たちは取りあおうともせず、駕籠を疾風(しっぷう)のごとく走らせる。

三度めに跪いたとき、虎之介のすがたはぼろぼろになっていた。
髷は乱れ、着物は濡れしょびれ、みじめであった。
訴えは聞きとどけられぬのか。
雪乃は四分六で失敗すると言った。
やはり、そうなのか。
と、そのとき。
網代駕籠が止まった。
供人も陸尺も足を止め、人形のように前方を向いている。
駕籠が地面に置かれ、御簾が捲れあがった。
会津侯、松平容敬の整った白い顔がみえた。
まだ十九の若者である。
「虎之介か、いかがした」
疳高い声が発せられた。
憶えていたのだ。
「近う寄れ」
「は」

虎之介は、膝を交互に躙りよせる。

「恐れながら、こちらをご覧いただきたく」

供人の手も介さず、直々に訴状を手渡す。

容敬はその場で訴状を開き、さっと目を通した。

息苦しいほどの静寂がつづき、御簾が下げられた。

その寸前、容敬は低声で何かひとこと発していた。

虎之介は平伏し、地べたに額ずいている。

網代駕籠はふわりと浮き、滑るように走りだす。

そして、下馬先に悠然とたどりつくと、橋の手前で供人の大半は離れ、会津侯を乗せた駕籠だけが橋を渡って内桜田門の向こうに消えていった。

駕籠が消えても、虎之介は顔をあげられない。

三左衛門は歩みより、後ろから肩をそっと叩いてやった。

振りむいた虎之介の顔は、涙でくしゃくしゃに濡れている。

「殿様は気づいてくれたな」

「はい」

「最後に何と仰ったのだ」

「大儀と、ひとこと仰せに」

「さようか」

ふたりの背後に、屋台が近づいてきた。

半四郎が前でひき、雪乃が後ろから押している。

「汁粉でもどうだ、一杯」

と、半四郎が言った。

しかし、そうもしていられない。

会津藩の厳めしげな役人が、捕り方を率いてやってきた。

「天童虎之介どのでござるか」

「はい」

「御屋敷までご同道願いましょう」

「かしこまりました」

駕籠訴をやった以上、相応の裁きを受けねばならぬ。

ただ、殿様の指示なのか、縄を打たれることはなかった。

虎之介は堂々と胸を張り、会津屋敷のほうへ遠ざかってゆく。

「浅間さん、行っちまったよ」

半四郎が悲しげな顔をした。

「あとは殿様次第だな」

是非、心の広いところをみせてほしい。

虎之介と生きて再会できることを、三左衛門は心から願ってやまなかった。

十二

江戸市中の武家屋敷や町屋では煤払(すすはら)いも終わった。

神社仏閣の境内で歳(とし)の市(いち)が賑わいをみせはじめると、師走の忙しなさをいっそう感じるようになる。

虎之介は無事に戻ってきた。

藩主容敬の格別のはからいで「浪人の罪は不問」とされたのだ。

ただし、訴えの内容は無視できるものではなかった。

容敬直々の指示を受け、江戸家老の別所刑部が調べをはじめた。

藪本源右衛門からもたらされた二冊の人参大福帳が確乎たる証拠となり、御用人参の横流しに関わる悪事の全貌はほぼあきらかとなった。

会津と江戸において、悪事に関わっていた役人たちが芋蔓(いもづる)のように捕まり、蔓の束をたどってゆくと国家老の萩原調所に行きついた。

かねてより出世を競いあってきた別所刑部にしてみれば棚から牡丹餅、舌なめずりしてみせたものの、このたびは会津侯直々の奔命ということもあり、私怨を挟まぬ厳正な取調がおこなわれることとなった。

とどのつまり、隻腕になった調所は療養中であったが、当面は蟄居閉門を命じられ、早晩、極刑が下されるはこびとなった。

一方、目付の矢島左近に関しては、悪事との関わりが明確とはならなかった。よほど巧みに隠蔽していたのだろう。

無論、調所が矢島の介在を知らぬはずはなかったが、見る影もなく窶れた元国家老は何ひとつ語ろうとはしなかった。

にもかかわらず、矢島左近はひとり静かに自刃して果てた。

心底に渦巻く一片の罪悪感が、そうさせたのかもしれなかった。

遺書もなく、墓場まで秘密を抱えていってしまったことになる。

そのおかげで、一族郎党に累がおよぶこともなく、安名家に嫁いだ美貴は離縁される恐れもなかった。

会津藩内に暴風雨が吹きあれるなか、ただひとり、すがたをくらました者があった。

熊澤典膳である。

禄を失い、一族郎党が縄を打たれても、自分だけは逃げのびる道を選んだ。

命を惜しんだのではない。

この世に未練を残したまま、死にたくはない。

おそらくは、そういった心境だったのだろう。

未練というよりも、虎之介への逆恨みである。

二十歳にも満たぬ若僧に掻きまわされ、営々と築きあげてきたものが水泡と消えた。

熊澤典膳は逆恨みを募らせつつ、市中深く潜りこんだ。

## 十三

俗に肥後殿橋と呼ぶ三之橋の手前から新堀川に沿ってしばらく西へ向かうと、広尾(ひろお)ノ原(はら)にたどりつく。

物好きな文人墨客(ぼっかく)が「枯野見(かれのみ)」と称し、冬のさなかに遊山するところだ。

やってきてみると、索漠(さくばく)とした原っぱ以外に何もない。

——じゅいいん。

遠くで真鶸が鳴いた。

雪催いの空に、群雲が渦巻いている。

原っぱの端には枯れ葦のざわめく沼があり、その沼を背に抱くように、熊澤典膳は超然と佇んでいた。

虎之介のもとへ果し状が届いたのは昨日、師走二十四日であった。

三左衛門はおまつともども、歳の市で賑わう浅草寺まで足を延ばし、縁起物の熊手や門松などを買いこんだ。すっかり暗くなってから長屋に帰りついてみると、興奮した面持ちの虎之介が戸口で待っていた。

三左衛門は助っ人ではなく、見届人を頼まれた。

会津藩からすれば、熊澤は重罪人、挑発に乗らずに捕り方を差しむけてもよかった。

しかし、それでは武辺者の意地が立たない。

熊澤もそれを見越したうえで、誘いこんだにちがいなかった。

虎之介は潔く、挑戦を受けた。

悪夢に魘される日々を断ちきるためにも、闘わねばならぬと決意を漏らした。

真剣を手にした者同士がひとたび向き合えば、助太刀の余地はない。

まんがいち、虎之介が敗れたときは、仇を討たねばなるまい。

三左衛門も覚悟を決め、広尾ノ原まで出向いてきたのだ。

「ふふ、恐れずによう来たな」

媚茶の筒袖を纏った熊澤は寒風のなかに佇み、伊賀袴をはためかせている。

御前試合のときと同様、黒鉢巻きに黒襷、手甲も脚絆もすべて黒ずくめだ。

ただ、月代は伸び、無精髭を生やしている。

野に放たれた獣が吠えているやのようであった。

「浅間三左衛門、おぬしはなにゆえにまいった」

「案ずるな、見届人だ。手出しはせぬ」

「ふはは、助っ人にはいりたくば、いっこうに構わぬぞ。小僧ひとりでは、とうてい太刀打ちできまいて」

「その慢心が命取りになる」

「ほざいていられるのも今のうちよ」

虎之介は白鉢巻きに白襷を掛け、ずいと一歩踏みだした。

「黙れ、熊澤典膳、おぬしの相手はこのわたしだ」

「ぐふっ、出てきおったか。小僧、言うておくがな、これは木刀の申し合いではない。真剣でおこなう命の取りあいじゃ」

「わかっておる」

「いいや、おぬしにはわからぬ。木刀と真剣の間合いはな、天と地ほどもちがう。そのことを知ったとき、もはや、おぬしはこの世におらぬ」

熊澤のからだが、巨壁となって立ちはだかっている。

まずいなと、三左衛門はおもった。

虎之介はあきらかに、呑まれている。

「ぬふふ、なれど、考えようによっては、おぬしは幸せかもしれぬ。出家した兄のように生き恥を晒さずに済むのだからなあ」

すでに、闘いははじまっていた。

相手の心を掻きみだすことは、闘いの常套手段なのだ。

「くそっ」

どうみても、虎之介の肩には力がはいりすぎていた。

次兄の味わった屈辱の重みを双肩に担っているのだ。

「おい」

三左衛門は、虎之介を振りむかせた。

平手を食らわし、頭ごなしに叱りつける。

「丹田に力を籠めよ。これは誰の闘いでもない、おぬし自身の闘いなのだ。二の太刀は無いとおもえ、わかったか」

「は」

虎之介の顔つきが変わった。

眼前の獲物だけを見据える狩人の眼差しだ。

「よし、それでいい」

達人同士の闘いは一瞬にして決まるか、永遠に決まらぬかのいずれか。得てして、そうである。

三左衛門には、剣を究めようとする者の興味もあった。

虎之介の使う『蜘蛛足』とはいったい、どういう秘技なのか。

数々の修羅場を踏んだ熊澤と天賦の才を謳われた虎之介と、はたして、どちらが真に強いのか。

おのが目でしかと見極めたい、という強い願望がある。

「行け」

「は」

虎之介は悠然と歩みだした。

熊澤は腰を落として構え、右手を柄に添える。

溝口派一刀流は、小刻みで滑るような足捌きに妙味がある。

それに抗することのできる『蜘蛛足』を、虎之介は使うのだろうか。

無論、使わざるを得まい。

三左衛門はこのときまで、真天流の極意が足捌きにあるものと考えていた。

双方の間合いが縮まった。

熊澤は腰反りの強い剛刀を抜き、青眼に構える。

虎之介も足を止め、長尺の刀を抜きはなった。

相青眼、御前試合を髣髴とさせる光景だ。

ちがいは、両者の手に真剣が握られていることだろう。

蒼白く光る本身は剣士の心を映す鏡。恨み、恐れ、驕り、心の揺らぎはすべて鏡に映しだされ、太刀行きとなってあらわれる。

迷いを断ちきり、明鏡止水の境地にいたった者だけが勝ちぬけるのだ。

いや、勝とうとおもってはならぬ。心を空にして掛からねばならぬ。

はたして、二十歳前の若者にそれができるだろうか。
しかし、ここはどうあっても乗りこえねばならぬ。
熊澤典膳という壁を越えないかぎり、虎之介の行く末はない。
三左衛門は食い入るようにみつめた。
「まいる」
熊澤は、するすると間合いを詰めてくる。
虎之介は微動もせず、刀を青眼から右八相に持ちあげた。
さらに、片手持ちで切先を斜め頭上に突きあげる。
「ん」
熊澤は足を止めた。
わずかに、躊躇（ちゆうちょ）している。
それにしても、奇妙な構えだ。
三左衛門は、目を貼りつけた。
虎之介は逆八文字の撞木足（しゆもくあし）に構え、足をぴくりとも動かさない。
熊澤が怒鳴る。
「虚仮威（こけおど）しめ」

「どうかな、験してみよ」

「若僧があ、いや……っ」

熊澤は業を煮やし、青眼から突きを繰りだした。

無駄な動きはない。

太刀行きは鋭く、切先は急所の左胸に向いている。

「あっ」

やられる。

三左衛門は目を覆いかけた。

刹那、蒼白い光が迸(ほとばし)った。

「お」

熊澤の切先が弾かれる。

強烈な火花が散った。

にもかかわらず、長尺の刃は虎之介の右手に掲げられたままだ。

「ぬおっ」

稲妻(いなずま)のごとき閃光(せんこう)が、天地を斜めに裂いた。

大袈裟(おおげさ)ではなく、三左衛門の目にはそう映ったのだ。

熊澤はがくっと両膝をつき、地べたに頭を叩きつけた。

やはり、勝負は一瞬。

「や……やった」

三左衛門はつぶやいた。

虎之介は佇んだまま、全身を震わせている。

武者震いであろうか。

熊澤典膳を斬ったのは、右手一本で握った長尺刀であった。

そして、熊澤の突きを弾いたのは、左手で咄嗟に抜きはなった脇差にほかならない。

虎之介は、両手に大小を握っている。

真天流の『蜘蛛足』とは、足捌きのことではなかった。

大刀に注意を惹きつけ、小刀で弾くと同時に大刀で刈る。

生死の瀬戸際にしか繰りだせぬ、相手の意表を突く大技であった。

なるほど、木刀の申し合いで披露することはできまい。御前試合に負けた次兄の虎二郎は、まるで、この日がくることを予期していたかのようだった。虎二郎の負けがあったからこそ、虎之介はこうして生きのこることができたのだ。

「虎之介、勝ったぞ、おぬしは見事に勝った」

三左衛門は駆けだした。

虎之介は震えを止められず、滂沱と涙を流している。

兄の恨みを晴らし、勝利を得たことが泣けるのか。

それとも、人を斬ったことで泣けてくるのか。

本人にもわかるまい。

すべては終わったのだ。

「ふわああ」

虎之介は天を睨み、咽喉を必死に振りしぼる。

野獣のごとき咆哮が、広尾ノ原に響きわたった。

十四

年の瀬も迫ると、町のそこらじゅうで餅つきの音が響きわたる。

裏長屋ではたいてい、大家が鳶の連中に引きずり餅を頼み、貧乏人の店子にちっぽけな餅を配って済ませてしまう。

それでも、洟垂れどもは餅にありつけるので嬉しそうだ。

「のどにつかえるから、座ってお食べ」

子を案ずる母親の声が聞こえてきたりする。

一方、神社仏閣の歳の市は佳境にはいり、浅草寺や富ケ岡八満宮の境内は寸地を漏らさぬほどの賑わいようだ。ひとびとは注連飾りや破魔弓などの縁起物、あるいは、手鞠や羽子板などの遊び道具を抱え、わざわざ人混みのなかへ紛れこんでゆく。

金持ちも貧乏人も、年末は金離れがよい。

一年の厄を銭金に託し、遠ざけようとするのだ。

賽銭も竈祓いや節季候への施しも、厄落としのためにやる。

ひとびとはここぞとばかりに散財し、一年の憂さを晴らし、さっぱりした気持ちで新たな年を迎えようとする。

三左衛門も年迎えの支度を済ませ、おまつを誘った。

「遊山にでもまいろうか」

冬日和の午後。

大川に障子舟を浮かべ、一家四人で三囲稲荷のほうまで遡上した。

おきちはおまつの乳を吸いながら、いつのまにか、眠ってしまったようだ。

おまつ自身もうたた寝をしており、かたわらでおすずが寝息を立てていた。

三左衛門は焼き芋を囓（かじ）りながら、灰色の川面をみるともなしに眺めている。

汀（みぎわ）に目を移せば、乱髪に向こう鉢巻きの若い衆が褌（ふんどし）一丁で寒垢離（かんごり）を取っていた。

勇ましいはずの光景が、どことなく間が抜けてみえる。

雪見舟は、のたりのたりと川面を滑った。

舟の気配を察してか、水鳥たちが一斉に飛びたつ。

白く化粧された墨堤（ぼくてい）は、どこまでもつづいていった。

櫓（ろ）の音が眠りを誘うように、のんびりと聞こえてくる。

――ぎっ、ぎっ、ぎっ。

まるで、虫の音のようだ。

「お客人、もうすぐ、渡し場に着きやすが」

船頭も間抜けな声を掛けてくる。

夢見心地で、障子戸から顔を出した。

渡し場の向こうにみえるのは、木母寺（もくぼじ）の境内であろうか。

灯籠も樹木も綿帽子（わたぼうし）をかぶり、白一色に塗りかわっている。

白い垣根の片隅に、真紅の寒椿がひと叢咲いていた。

「うわあ、きれい」

おすずが飛びおき、顔を上気させた。

去年も雪見舟を仕立てたが、雪景色に見えることはなかった。

おまつも眠い目をこすり、障子の狭間から乗りだす。

腕に抱いたおきちも、ぱっちり目を開けていた。

「ほうら、おきち、ごらん」

おきちはわけもわからぬまま、手を叩いてはしゃいだ。

「さぶい、さぶい、あれはね、雪っていうんだよ」

家族の温もりが、積もった雪を溶かしてしまいそうだ。

「おまえさん、生きてりゃいいことがあるもんだねえ」

「そうだな」

ふと、虎之介のことをおもった。

今ごろ、どうしているのだろう。

おそでと、餅でも食っているにちがいない。

会津は、深い雪に覆われていることだろう。

虎之介は帰れぬ故郷をおもい、父を失った美貴のことを案じているのかもしれぬ。

年が明けたら、一升徳利でも提げて訪ねてみるとしよう。

年齢は離れていても、虎之介とは心根の深いところで繋がることができたような気もする。

そうした友を得られたことが、今年の大いなる収穫であったかもしれない。

「おまえさん、また来ようね」

おまつにねだられ、三左衛門は頷いた。

船頭は渡し場に舟を寄せず、さらに北へと漕ぎすすむ。

舳先(へさき)は静かに水面を切り、艫(とも)の後ろに水脈(みお)がうねうねとつづいてゆく。

いつのまにか、三左衛門は微睡(まどろ)んでいた。

※本書は２００７年12月に小社より刊行された作品に
加筆修正を加えた「新装版」です。

双葉文庫

さ-26-37

照(て)れ降(ふ)れ長屋風聞帖(ながやふうぶんちょう)【九】
雪見舟(ゆきみぶね)〈新装版(しんそうばん)〉

2020年9月13日　第1刷発行

【著者】
坂岡真(さかおかしん)

【発行者】
箕浦克史
【発行所】
株式会社双葉社
〒162-8540 東京都新宿区東五軒町3番28号
［電話］03-5261-4818(営業)　03-5261-4833(編集)
www.futabasha.co.jp(双葉社の書籍・コミックが買えます)
【印刷所】
中央精版印刷株式会社
【製本所】
中央精版印刷株式会社
【フォーマット・デザイン】
日下潤一



ISBN978-4-575-67018-9 C0193
Printed in Japan